徳間文庫

背徳の官能夫人

セックス・カウンセラー舞子

南里征典

徳間書店

目次

第一章　魔が射した女

1

（あら、どうしたのかしら……？）

虎ノ門《とらもん》のビル街にセックス・クリニックを開く若い、美貌《びぼう》のカウンセラー貴堂舞子《きどうまいこ》は、その朝、鏡にむかって口紅をひく手を、ふっと止めた。

待合室サロンの大鏡に、表のガラス戸の前を行ったり来たりしている一人の女の姿がよぎったからだ。

女は入り口まで来てためらい、軽くクリニックのなかを覗《のぞ》きこんだり、またあわてて顔を引っこめ、通りすぎたりしている。

（あのひと、恥ずかしがってるんだわ、きっと！）

舞子はそう思い、

「岬《みさき》くん、声をかけてみて」

治療士《セラピスト》の一人にそう命じた。

男性治療士の岬慎吾《しんご》が白衣のままドアをあけ、引っこみ思案ふうに電柱の陰に隠れた女性にむかって、すてきな微笑をむけて、

「どうしました? 今、クリニックは空《す》いていますよ。何かお悩みがありましたら、どうぞ、ご遠慮なくおはいり下さい」

セックス・カウンセラーの仕事は、新宿歌舞伎町《かぶきちょう》のテレフォンクラブや、呼び込みバーの類《たぐ》いではない。だが、せっかく悩み事を抱えて表まで来たのに、羞恥心《しゅうちしん》から入りそびれている心優しい男女には、声をかけてやるほうが親切というものである。

そこは東京・虎ノ門の一画である。アメリカ大使館や通信社や放送局や銀行がたち並ぶ大通りの一つ横手の路地に、その看板が見える。

SEX専科――「貴堂舞子の相談室・何でもお約束します」

看板には、そうあった。近ごろ、テレビの婦人番組や女性週刊誌などでひっぱりだこの〝翔《と》んでる女医探偵〟――貴堂舞子のクリニックなのである。

三月中旬の火曜日の昼下がり。岬慎吾に声をかけられて、おずおずと入って来た患者は、

若い女性だった。でも、抜けるように白くて美しい顔や、しっとりした気品のある落ち着きぶりは人妻と思える。

「あのう……、先生は？」

片手でコートの襟を握って、おずおずときいた。

「初めまして。私が、カウンセラーの貴堂舞子です」

舞子は、微笑した。

軽く白衣のポケットに手を突っこみ、

「さ、診察室にどうぞ」

患者を衝立《ついたて》の奥の診察室へ案内する。

患者は示された椅子《いす》に座った。

脱いだスプリングコートを、きちんと畳んで膝《ひざ》の上に置く仕草も、やや長身で、斜めに傾けられた長い脛《すね》も、どこか山の手の若奥さん、といった感じだった。

「どうなさいました……？」

舞子は回転椅子をまわしてきいた。

「はい。夫婦生活のことで、ちょっと」

患者はそこで俯《うつむ》いて、恥ずかしそうな表情をした。あまり消えいりそうな素振りだった

ので、

「そう恥ずかしがることはないのよ。ここにみえるお客さんはみなさん、何かしらＳＥＸの悩みを抱えてらっしゃる方ばかりなのですから。――で、あなたも夫婦生活のほう、なんだかうまくいってないのかしら？」

舞子は患者の緊張感を柔らげるように、さりげない口調できいた。

「ええ」

と、患者は俯いた。「……私、いけないことをしてしまったんです」

「いけないことねえ。不倫かしら？」

不倫ぐらい、今の世の中、社会現象といっていいほど、掃いて捨てるくらい流行《はや》っている。それなのにこの人妻は、自分がひどく悪いことをしたように怯《おび》えている。とすれば、ただの不倫ではないというのだろうか？

「ねえ、黙っていてはわからないわ。気軽におっしゃいよ。何もかも話してしまえば、胸のつかえがとれて、すっきりするものよ。あなた結婚歴四、五年の人妻のようだけど、夫以外の男性と間違いを犯し、深い仲にでもなっているんじゃないの？」

「はあ……」

患者はやっと口をひらき、「それも、ただの色恋とか不倫とかではないんです。あたくし……とても、いけないことをしてしまったんです。それで、ある男性と深い仲になってしまって……今、泥沼のような状態で、どうしたらいいかと、……深く悩んでるんです」

——秋沢淑子《あきざわよしこ》、二十九歳。既婚、未経産婦。

舞子の手許《てもと》のカルテにやがてそういうふうに患者の名前や状況が、さらさらと記されていった。

秋沢淑子は、中央線の吉祥寺に住む中流夫人である。夫は市ケ谷に本社のある精密電機メーカー「東京電子産業」の電子技師だ。結婚して五年になるが、まだ子供はいない。

淑子にとっては、それが唯一淋《さび》しいといえば淋しいことだが、そのほかには何一つ、不足はない。夫の会社は、ベンチャー企業として伸び盛りであり、給料もよく、吉祥寺に家一軒まで持ち、経済的には何一つ不自由してはいないのに、魔が射したとしかいいようがないあの思いがけないことが起きたのは、四か月前の金曜日である。

2

魔が射す——。

本当に、よく使われる言葉だ。

ほんの出来心。あるいは衝動。あるいは、無分別な行為。いずれにしろ、自分ではそういうことをやるつもりではなかったのに、周囲の状況から、何となくついふらふらッと、ある行為をやってしまう。

そういう時に使われる大変便利な言葉である。

でも、魔に射されたほうは、たまったものではない。

淑子の場合も、そうであった。

淑子はその日、午後三時に家を出て駅前まで買い物にいった。

金曜日はいつも早めに買い物にゆく。夫の隆行が土曜、日曜日は連休で会社の接待ゴルフに出かけるため、金曜日は早く帰宅して、晩酌をやりながら、夫婦水いらずの時間をすごす習慣がついているので、献立ても少しは奮発したいのである。

駅近くのスーパーは、猛烈に混《こ》んでいた。

淑子は知らなかったが、その日はスーパーは、何かのバーゲンの日だったらしい。全商品が二割引きとかで、スピーカーから流れるマーチ風のＢＧＭが威勢よく安売りのムードをもりたて、混雑した客たちはいつの間にか眼の色をかえて、必要でもない商品を籠《かご》の中に放りこんでいる。

淑子も混雑にもまれているうち、なんとなく、そんな気分になってしまった。バーゲンというのは、女性の購買心をやたらにかきたてるものらしい。知らぬうちにチーズやバター、缶詰め類から、化粧品コーナーではローションや洗顔クリームなどの基礎化粧品、香水までを手にして、バスケットの中に放りこんでいた。

混雑はレジも同じだった。

幾つものレジがあって、競馬の発走ラインのように横一列に並んでいるが、どのレジも品物をバスケットに詰めた客が、長蛇の列をなしている。

客がみんなふだんより多めに買い物をしているので、レジは時間をくう。淑子が並んでいるレジは、そのうえ慣れない店員なのか、これまたひどく手間どっていた。

待たされると、人間は苛々《いらいら》する。

重すぎて、品物を棚のほうに返品にゆく客もいた。

淑子もそうだった。待っている間に、少しは正常心が戻ってきて、不要不急のものを買いすぎたと後悔し、バスケットに詰めこんだ重い品物のうち、幾つかを売り場に戻しにいったのである。

店員はブルーのユニフォームを着ている。

ふだんは結構、目立つのだが、客が多いせいか、その日はほとんど見あたらなかった。

食品売り場で淑子は、バターやチーズ、缶詰めを半分戻し、冷凍コーナーで肉や冷凍魚も少しは減らし、最後に化粧品売り場にまわって、急ぎでないものを半分くらいは減らそうと思った。

そこにも店員は見あたらなかった。

それが一番いけなかった。二番目にいけなかったのは、淑子はその時、店備え付けのバスケットのほかに、パッチワークの買い物袋を左手に提げていたのである。

基礎化粧品の瓶とオーデコロンの大瓶三つをバスケットから取りだし、棚に戻そうとした手が、なんとなくふんぎりがつかないうち、何気なく自分の買い物袋のほうに動いてしまっていたのである。

それというのも、本音はやはり日頃《ひごろ》から買いたいと思っていた有名ブランドの化粧品だからだったのかもしれない。

別に、万引きをするという明確な意志があったわけではないが、つい魔が射したとしか言いようがない衝動から、そうしてしまったのである。

誰《だれ》も見てはいなかった。

わかるはずもなかった。

売り場には買い物客が渦巻いているのだ。

二度目にレジに戻った時、一番端を選んだせいか、意外にすいすいと捌《さば》けて、自分の番になった。

淑子はバスケットの分だけ金を払い、レジを通り抜けた。もちろん店員は彼女の挙動に何一つ、疑いを持ちはしなかった。

店を出て駅前通りを歩きはじめた時、はじめて淑子は、心臓の鼓動がキーンと、激しくなったのに気づいた。

(ああ、私はとんでもないことをしてしまったんだわ……)

「早く家に帰らなければ……」

額にすれば、それほどの額というわけではない。

化粧品の瓶が三つで、一万六千円くらいか。

むろん、主婦にとっては安いお金ではないが、それでも人間が犯罪に走るにしては安すぎる。わずかそれくらいのことなら、何も万引きなどせずにお金を払ってくればよかったのだ……と、淑子は家に帰ってから激しい自己嫌悪と、暗い気持ちに陥ったが、後悔してももう遅いのである。

(誰も知らないにしても……私はとうとう、万引き犯になってしまったんだわ……)

盗品を扱いかねて、リビングのテーブルの上に置いたまま、買い込んできた食料品をキッチンの冷蔵庫に詰めている時、玄関のブザーが鳴った。

何とはなしに、どきんとした。

淑子はドアをあけた。

そこに見知らぬ男が立っていた。

男は一瞬、鋭い眼をむけ、

「お邪魔します」

玄関に入ってこようとした。

「あの……どちらさまでしょう?」

「奥さん、いつもお世話になっております。私、駅前の富士見スーパーの者ですが」

「スーパーの……?」

と、言いかけ、ぎょっとした。

淑子の心臓が破れ鐘《われがね》のような音をたてはじめたのは、その時からである。

「スーパーの方が、あの……どういうご用件でございましょう?」

それには答えず、男は靴を脱ぎ、

「失礼します」

つかつかと通路に上がり、リビングに歩いて、室内を見回していたが、すぐに卓上のも

のに目をとめ、

「困りますね、奥さん」

鋭い眼で見つめかえした。

男の用件はもはや、明白だった。淑子は蒼《あお》ざめ、腰から力が抜けてゆくような気がした。

「奥さん、どういたしましょう？　この品物と一緒にもう一度、店までお戻りいただけますか？　それとも、まっすぐ警察に参りましょうか？」

警察、ときいて淑子はさらに蒼ざめ、全身からサーッと血の気が引いてゆく思いがした。

警察に連行されたりしたら、新聞やテレビで報道されるかもしれない。何不自由ない上流夫人の万引き犯というのがよく週刊誌を賑《にぎ》わしている。万一、あんな扱いでもされたら、淑子はもう隣近所に顔むけできなくなるし、夫の会社にも影響するだろうし、淑子は破滅するかもしれない……。

「申し訳ありません。つい出来心で……」

盗品を発見された以上、ここはひとつ、素直になるしかないと、淑子は素直に謝って、深々と頭をさげた。

男はいつのまにかリビングの椅子に座って、盗品三点を手の中に納め、定価シールを確かめたりしながら、

「お見受けしたところ、生活に困っているようでもないのに、いけませんねえ、奥さん」

「はい。本当に申し訳ございませんでした。ほんの出来心だったんです……。品物の代金は、いかようにでもお支払いいたしますから」

この場は、何とか見逃してほしい、と淑子は哀願するような眼差《まなざ》しで言った。

「盗んで見つかって、金を払えばいいっていうんじゃ、警察なんかいりませんね」

そのとおりである。

そのとおりでありすぎる。それがあまり酷《ひど》い真実でありすぎるので、淑子は言葉を失ってしまった。

「ご主人のお名前と勤務先をお伺いしましょうか」

男は背広の内ポケットから手帳とボールペンを取りだして、淑子の全身を眺めた。

「会社に……会社に知らせるのですか?」

「私は職務上、ご主人のお名前と勤務先をきいております」

「お願いです。主人にだけは……どうか、知らせないで下さい。そんなことをされたら、私、大変なことになります」

「じゃ、警察に参りましょうか。私はどちらかというと、情実に弱い。奥さんのような美人に泣きつかれると、どうも……職務を全うする自信がありません。ここはやはり情実なしの警察に任せたほうがいいかと判断しますが」

「警察だなんて……まあ、そんな！」

お願いです、どうかそれだけは、と淑子はまた、とりすがった。

「見るところ、奥さんは初犯だ。出来心、というのも嘘《うそ》ではないでしょう。警察は重犯や計画的盗犯でない限り、それほど酷い扱いはいたしませんよ」

「でも……でも……困ります。そんなことおっしゃらないで……あなたのお立場で、なんとか事を穏便に納めていただく方法はないものでしょうか」

淑子は取りすがった眼に、必死の思いをこめた。女の防衛本能があるいはいくばくかの色気をも、滲《にじ》ませていたのかもしれない。

情実に弱い、ときいた以上、淑子は何としてでも、ここで男をひきとめたいのである。

「困ったな。私は職務上、万引きを見つけたら、犯人を捕まえ、盗品を取り返し、事実関係をきっちりと上司に報告する。それが義務なんです。——とにかく、もう一度、店まで来て下さい」

「そこを……何とか……」

淑子は立ちあがった男に、あわてて取りすがるようにして、濡《ぬ》れた眼差しをむけていた。

「私、何でもいたします。万引きのことだけは、なんとか穏便に、外に洩《も》れないようにして下さい。お願いします」

男はゆっくりと顔をむけ、炎が噴きだすような眼になった。淑子の白い首筋から乳房の張り具合のあたりを見つめ、

「奥さん、そりゃ、無茶ですよ。泥棒をしておいて、警察には知らせるな、主人には内緒にしてくれ、スーパーの上司にも告げるな。それじゃ、あんまり虫がよすぎるというもんですよ。――え、そうじゃありませんか」

「は、はい……それはもう」

「よろしい。私だって、ほんの出来心で万引きをした奥さんをいじめるばかりが、仕事ではありません。改心する、とおっしゃるのなら、方法もあります。どうしても穏便に解決したいとおっしゃるなら、その方法を一つだけお教えいたしましょうか」

「あるんですか？　そんな方法が」

「あります。ただ一つだけ」

「教えて下さい。その方法を……おっしゃって下さい」

「驚いてはいけませんよ」

「いいえ、驚きはしません。おっしゃって下さい」

「じゃ、奥へ参りましょうか」

気軽に言って、男が腕を摑《つか》んで歩きだした時、淑子はあっ、と意味をさとって驚愕《きょうがく》した。

「いけません。それだけは……勘弁して下さい」

「それだけは、それだけは、と奥さんは何もかも、虫がいい。いえ、実際、虫がよすぎる。むろん、私だって買収や饗応《きょうおう》に応じることは、本心ではない。――ええ、いいですとも。奥さんがそれさえもいやだと言うなら、一緒に警察にゆくしかありませんね」

「ああ、困ったわ。……どうしよう……ちょっと、ちょっと……お待ち下さい」

「じゃ、応じますか」

「いえ……あの……それは」

「あなたは何でもします、とおっしゃったじゃありませんか」

ぐい、と両腕を抱きよせられ、唇をふさがれた時、淑子は電気にふれたように身体を震わし、暴れていた。

疾風迅雷の素早さとは、このことだろうか。

暴れたところで、円満解決の余地はない。警察に連行されるよりは、このほうがいいのかもしれない。淑子がそんなことを考えながら、朦朧《もうろう》と引きずられているうち、男はもう玄関の鍵《かぎ》をかけ、淑子の腕をとって奥の寝室に誘いこみ、掛け布のかけられたままのベッドの上に、有無を言わさず押し倒してしまったのである。

淑子はなお、抵抗した。だが、芯《しん》からの抵抗にはなりえなかった。あまり激しく突き飛ばして、万引きが世間に知られて前科者となり、破滅するかもしれないと思うと、事実上は、本当の抵抗というものは、もうできはしなかったのかもしれない。

「ああ……困ります。私……お願いです……」

それでも、念を押すのだけは忘れなかった。

「ねえ、お願いです。約束して下さい。万引きのことだけは絶対に、絶対に外に洩らさないと……」

「ええ……むろん、約束いたしますよ。奥さんが、こんなふうに改心して殊勝な態度に出られたのなら、ほんの出来心くらい不問に付すしかないでしょう。ですから、さあ、安心して……」

男は、ブラウスの上から乳房を揉《も》んでいた。

ズーンとそこから電流のようなものが流れた時、淑子はもはや最後のあがきをやめて、観念した。

(そうだわ。しっかりと眼を閉じて、早く嵐《あらし》が通りすぎるのを、待てばいいんだ。そうしたら、私は前科者にならなくてすむ……)

心配といえば、そうしている間にも夫が帰宅しはしないか、ということだけであった。

でも、まだ午後四時であることを思いだすと、杞憂《きゆう》であると思った。とにかくおとなしく、急いで、理不尽な男の求めを眼をつぶってやりすごして、男に万引きのことを何としても内緒にしてくれるよう頼まねばならない。

ブラウスの前を押し広げられ、ブラジャーもむかれて、たわわにあふれた乳房を吸われはじめた時、淑子はああッ……と、新しい困難に直面したのを感じた。たわわな乳房を揉まれていると、今までの夫との性生活では一度も憶《おぼ》えなかった不思議な官能の炎が、ゆらめきたつのを、ちらと感じたのである。

(ああ、困ったわ。どうしよう……)

淑子の心配をよそに、男は乳房を丹念に揉み、実のように尖《とが》りはじめた乳首を唇に含み、舌先であやす。

かたわらスカートの下から右手をくぐりこませ、ショーツの上から股間《こかん》を丹念に押さえたり、いじったり、押したり、揉んだりする。

その指が、茂みの中の芽のあたりを押し、グイッと、亀裂《きれつ》に沿って走ったりすると、淑子は言いようのないむずがゆさと興奮をおぼえてきて、ショーツがぐっしょり濡れてくるのがわかった。

(ああ……ひどい……ひどい……早く、用事だけをすませて……)

淑子はせがむように、腰をうごめかせた。くいしばった口の間から、不覚にも小さな声さえ洩らしていたかもしれない。

その様子に男はいたく満足したように、いっそう冷静沈着な指づかいをし、ブラウス、スカート、スリップ、ショーツと……淑子が身につけているものを一枚一枚、上手に脱がしてゆくのだった。

「予想どおりだ。奥さん。すてきな身体《からだ》をしているよ」

男は誉《ほ》めると、獣のように吼《ほ》えて、乳房に吸いつき、淑子の身体にむしゃぶりついてきた。

豊かな乳房の盛りあがりを、彼は麓《ふもと》から押しあげるようにして揉む。そのたびに、隆起がうねり、淑子は声を洩らした。

「ああ……」

乳房をふたたび口に含まれ、吸われはじめた時、ずーんと矢のようなものが突きあがってきて、とうとう淑子は思わず呻《うめ》いてしまった。

男の唇が乳房の裾《すそ》のほうへ這《は》ってゆく。そしていつのまにか、腕を大きく上に押しあげられ、腋窩《えきか》に唇を押しつけられていた。

「あッ……いや、いやッ！」

強烈なくすぐったさと鋭い快感に淑子は身を捩《よじ》ってあらがった。その瞬間、男のどぎつくみなぎったものが腰にふれ、淑子は恥ずかしさに失神しそうになり、腰をぴくりと震えさせた。

そのまま、男は唇を胸から腰のほうへ降ろしてゆく。傍ら、指はさっきから茂みの下の女の花芯を愛撫《あいぶ》しているので、淑子は身体をかすかに突っぱるようにして、そこから湧《わ》いてくる鋭い感覚に気持ちを奪われており、それに耐えるのに精一杯で、その先、男がどういう体位をとるのかなど、まるで考えてはいなかった。

「あッ……いやッ……それだけは……いやッ」

男が突然、両下肢の谷間に、頭を埋めてきた時、淑子はびっくりして、心臓がとびあがりそうであった。

実は淑子は、そういう愛撫の仕方があるということは、頭では知っていても、夫からでさえ、そんなことは一度もしてもらったことがないのである。

それを……はじめての男に……と思うと、あわてふためく。激しく身体を悶《もだ》えさせるのだった。が、男の顔は、もうしっかりと谷間に伏せられていた。敏感な真珠を吸引されると、淑子は大きな声をあげてしまった。

初めは叫ぶように、それから呼吸の乱れにつれて断続的に、そしてしまいにはすすり泣くような声にかわってゆく。

「ひどい……ひどい……ひどい」

これは、徹底的な凌辱《りょうじょく》であると思った。

いっそ暴力で犯されるのなら、まだいい。ところが男は、万事に優しく、思ってもみなかった激しい性感まで焚《た》きつけたのである。

そしてその凌辱は、それで終わったのではなかった。むしろ、それからの局面のほうが、本格的に、徹底的な様相を帯びてゆくのだ。

男の熱い昂《たか》まりが、花芯にあてがわれ、力強く、みっしりと埋めこまれてきた時、淑子は、その巨《おお》きさに圧倒され、五年間の結婚生活では一度も味わったことのない強烈な刺激と、めくるめくような陶酔感にのたうちまわったのである。

3

――ふうッ……。

と、貴堂舞子は、熱い溜《た》め息《いき》をついた。

女は話し終えて、俯いて後《おく》れ毛を慄《ふる》わせた。

(わかったわ。あなたの異性地獄……)

秋沢淑子はその時、どんなに禁断の果実の強烈な甘美さに、むせび泣いたことだろう。酔い痴《し》れたことだろう。そしてそれだけに、そのあとにつづく局面は深刻になってゆくのである。

舞子は煙草《たばこ》に火をつけてから、

「で、それ以来、その男とはまだつづいているのね？」

この手の男の、常である。

一回こっきりで引き退《さが》るとは思えなかった。

「はい」

と淑子は答えた。

「毎週一回くらい、今でも呼びだされています」

「ご主人には？」

「さいわい、まだ知られてはいません。でも……でも……こんなことをつづけていると、いずれ、その不倫も、私が万引きしたことも、露見するかもしれません。それが恐ろしくて、私……貴堂先生に相談にあがったんです」

「わかるわ、あなたのご心配」

舞子は同情するように、優しく言った。

「でも、少し、変ね」

舞子は首をかしげた。

「その男のことだけど……ふつう、デパートやスーパーの警備員というものは、万引き犯を見つけたら、店内の警備員室あたりにやんわりと案内するわけでしょ、取り調べるために。それなのに、どうしてその男は、あなたを尾行して、自宅などに押しかけてきたのかしら」

「はい。……そこが……私もあとでとても変だなと思い、スーパーに確かめにゆきました」

――月曜の昼下がりだった。その日はスーパーはあまり混んではいなかった。淑子は商品棚の前を歩いて、買い物をする格好をしながら、たまたま傍らを通りかかったブルーの制服を着た女店員に、声をかけた。

「陣屋《じんや》さん、いらっしゃいますか?」

陣屋というのは、先日、男が帰りぎわになって、自分は警備員の陣屋卓造である、と名のったからである。

するると、女店員は、

「は？」

と、怪訝《けげん》な顔をした。

「陣屋さんて、どちらの？」

「おたくの警備員の方ですが」

「うちには電気や店内の安全をみる保安係員というのはいますけど、警備員というのはおりませんが」

「じゃ、保安かしら。ともかく陣屋という方よ」

「陣屋という店員は、うちには一人もおりませんが――」

女店員は冷たく、それだけを言い残すと、忙しそうにレジのほうに走ってゆく。

取り残された淑子は、その瞬間、ぐわああんと、頭を殴りつけられたような思いで、すべてがわかったのである。

（そうだ。あの男はスーパーの警備員などではなかった。私に、嘘をついていたのだ……！　こんど、道で会ったら、どうしてくれよう！）

ところがその日の夕方、家に戻った淑子のところに、陣屋卓造から電話がかかってきたのであった。

淑子が鳴りしきる電話の応対に出ると、

「奥さんですか？　陣屋です。先日はどうも」

まるで友人のような、懐かしそうな声をだす。

「まあ、陣屋さん！」

淑子は絶句し、「私を欺《だま》していたのね！」

「欺していた？　どういうことでしょう」

「白ばっくれないで。大きな嘘じゃありませんか！」

「いいえ、本当ですよ。警備員なんて、新宿のデパートの警備員をしている陣屋卓造です。あの日は、たまたま非番の日で、近くの富士見スーパーで買い物をしている時、奥さんの万引き現行犯ぶりを目撃したんです。職業上の習性というんでしょうかね……どうしても、奥さんの万引きを見て見ぬふりはできなくて」

「万引き、万引きと人聞きの悪いことを言わないでちょうだい。自分の店のことでもないのに、図々しく押しかけてくるなんて！」

「奥さん。そう怒っては、身もふたもない。奥さんもそのおかげでいい思いをしたんだし、私だって奥さんのようなすてきな人妻と知り合いになれて、幸福な一日だったと思っていますよ」

（まあ、なんて図々しい……！）

淑子は頭がカーッとして、

「用件は、何です？」

喧嘩腰《けんかごし》できいた。

「会いたい」

と、陣屋は単刀直入に言った。「奥さん、私はどうしても、もう一度、奥さんに会いたいんです。あすの夕方あたり、いかがです？」

「困ります。もういやです。あなたとなんか、絶対に二度と会いたくはありません！」

淑子は叩《たた》きつけるように言って、電話を切ろうとした。すると、

「あ、ちょっと待って下さい。奥さん、そんなことを言ってよろしいんですかね。私が何者であれ、奥さんが富士見スーパーで万引きした事実は消えません。あの盗品は、今でも私が領置していることを忘れないで下さいよ。さらに……奥さんが私と不倫の仲になったこともまた、事実です。こういうことを、今をときめく東京電子産業にお勤めのご主人、秋沢隆行氏にすべて正直にお話ししてよろしいんでしょうかね」

その声はあくまでも沈着冷静で、静かで、優しく、でも、だからこそ、ずっしりと重み

のある支配力というものを、淑子に感じさせた。

なぜなら、何といっても男の言うことはすべて、間違いのない真実だからである。万引きしたことも、浮気したことも。へたに扱うと、陣屋は夫だけではなく、証拠品まで持っているので、やはり警察に告げるかもしれない。

その鎖は、まだ生きているのであった。

状況は、最初の日とまったく同じであった。

いや、いっそう悪い。陣屋との肉体関係がそこに重なっている。裏を返すと、淑子はますます陣屋卓造の言い分に屈服しなければならない立場に立っていたのであった。

火曜日の夕方五時。どんよりした曇りだった。淑子は指定された場所に行った。井の頭公園のすぐ傍にあるラブホテルだった。

警察にも、夫にも、陣屋の口を、何としてでも封じておかなければならないという思いから、淑子は二度目の誘いにも応じたのだが、結果は、前回よりもいっそう手ひどいありさまであった。

陣屋からいっそう緻密《ちみつ》に、深々と肉体的な歓《よろこ》びを教えられ、性の深みを仕込まれ、淑子は自分の身体がなんだか魔物にでも取り憑《つ》かれたかと思った。

(困ったわ。こんなことをやっていると、ずるずると……それに、何といっても夫に知られてはならない……）

また駅前の富士見スーパーで買い物をしながら、淑子はそのことばかりを心配していた。

もっとも、淑子は子供ではない。一、二度くらいの異性交渉で、それをすぐ顔や態度に表わすほど淑子は若くはなかった。

その日も、いつものように夫の帰りを待ち、夕食がすんで三時間後には、二人は枕《まくら》を並べて仲良く眠りにつくのであった。

夫の隆行は何一つ異状を感じてはいないようだったし、昨日までの生活とどこも変わるところはなかったのである。

夫はすぐ寝入ってしまった。

これも、いつものことである。夫婦間の性生活など、月に数えるほどしかないし、それに夫は通りいっぺんのことを短時間ですませるだけで、性的にはほとんど淡白であった。

だが、さすがに、淑子は眠れなかった。

最初の夜も、その夜もそうだった。結婚後、はじめて夫以外の男と交渉を持ったという体験が、ある種の緊張と興奮を呼びつづけて、気持ちが昂って眠れないのである。

夫に対して申し訳ない、という気持ちがまず強い。それは当然だが、それよりもあの男の逞《たくま》しさと蛇のような執拗《しつよう》さが、彼女の身体に強い印象となって残っていて、下半身のそ

ない。

夫はベッドでも、あんないろいろなことはしない。淡白な営みなのだ。比べものにならない。

——あれが、ふつうの男というものだろうか。あれが、本当の性生活なのだろうか。

そう考え、自分がとったいろいろな姿態を思い返していると淑子はもうそれだけで身体が火照《ほて》ってくるようで、ますます眼が冴《さ》えてきて、とうとう朝方まで一睡もできないのだった。

それから一週間が経《た》ち、二週間がすぎた。

陣屋からの電話はなぜかぷっつりと、こなくなった。

淑子は、ほっとした。ああ、これでやっと救われる……と安心するとともに、心の一か所ではなぜか、大事なものを失ったような虚《うつ》ろさを感じてもいた。

だから、年が明けて二か月もすぎたある日、思いがけなく陣屋から電話がかかってきた時、淑子は以前とは違った驚きに、取り乱しそうになった。そうだ、あの盗品を取り戻しておかなくっちゃあ……と、淑子はまた自分に新たな口実を設け、井の頭公園の横のラブホテルに、いそいそとむかっていたのであった。

――診察室に、沈黙が落ちた。

貴堂舞子はペンを置いた。

患者は語り終えて、放心したような表情をしていた。

「――以来、切れない？」

「ええ」

「いつもラブホテル？」

「はい。時々、公園の横のいつもの場所に呼びだされます」

「そんなに具合がいいの？　その男」

「はい。それはもう……」

ぽっと秋沢淑子は頰《ほお》を染めて俯いた。

心なし、椅子に座った尻《しり》までがうごめいているようである。

（まあ、呆《あき》れた！　そんなに具合がいいのなら、いきさつはどうあれ、その男とは今ふうの不倫、遊びだと割り切って、夫には内緒で適当に遊んじゃえばいいじゃないの……）

と、舞子はそうさとしたかったが、秋沢淑子は案外、生真面目《きまじめ》すぎる性格で、その遊びというものができないタイプと思える。

それができないからこそ、自分のゆくすえに不安を抱いて、こうして相談に来ているのだろうと思うと、舞子はむげに浮気を焚きつけるわけにはいかなかった。

「困りましたね。要するに、あなたは陣屋卓造と今のような関係をつづけていると、いずれは泥沼の深みにはまって、抜きさしならなくなる。夫婦生活も破綻《はたん》するに違いない。それで、なんとか今のうちにそれを回避する方法はないかと、相談にお見えになったわけね」

「はい。その男の性的魔力から、なんとか脱けだす方法は、ないものでしょうか」

淑子はそう訴え、「陣屋は近頃、急に私との関係にのめりこんできているんです。自称三十二歳で、独身だということで……それで、私が夫と別れさえすれば、結婚しようとさえ言ってるんです。はじめは人妻との火遊びのつもりだったようですが、回数を重ねるにつれて、本気になってきたと白状するんですが……でも……それさえ、彼の言い分はとても信じられませんし……いったい私に何を求めようとしているのか。いえ、そもそも陣屋卓造というのは何者なのか。それを、当牝猫結社《めすねこ》で、調べてほしいんです」

「ちょっと、ちょっと。あなた、ねえ――」

舞子は少し身を引き、「私どもはセックス・カウンセラーではありますが、調査業務はいたしておりませんけど」

「私、知っております。隠さないで下さい。貴堂舞子は、セックス上の悩みをいろいろ解決してくれるだけではなく、それにともなう男女間のごたごたやトラブルを見事に解決してくれるお助けマリア様だということを、人づてに聞いております」

なるほど、そういう噂《うわさ》が一人歩きしはじめているらしい。無理もなかった。貴堂舞子は当年、二十九歳。もう少しで三十歳だが、アメリカのコロンビア大学に留学し、チャールズ・エマーソンという精神医学界の若手権威に師事して、人間の深層心理に眠る性意識や性医学万般を学び、最先端の治療方法を習得して帰国し、三年前にこの虎ノ門の一等地にSEXクリニックを開設したのである。

訪れてくる患者は、OLや人妻やサラリーマンなど、数多い。いずれも性的な悩みやトラブルを抱えている。その悩みが、ノイローゼ段階や精神的、気質的、肉体的なものだけなら、診療所段階で解決してやれるが、時には男女関係のもつれが犯罪、事件などに拘《かか》わったりしている場合がある。

そんな時、相談を受けた以上、放ってもおけない性分の舞子は、スタッフの男性治療士の岬慎吾や、女性治療士の饗真矢、相島レナ、岡村聡子《さとこ》などを使って、患者の紛《も》め事の根源を探り、それを一発で解決してやったりもしている。

そういうところから、いつのまにか舞子のクリニックは、「虎ノ門牝猫結社」とか、「必殺仕置人」とか「お助けマリア様」とかいう妙な噂までが立ちはじめているのであった。

「貴堂センセ、お願いします。私も恥を忍んで、万引きのことまでお話ししたんです。どうか、私の将来を助けると思って、陣屋卓造のことや、結婚までちらつかせて、彼がいったい何を狙《ねら》っているかなどを、調べて下さい。窮地に陥った私を……どうか助けると思って」

「仕方がないわね、やってみましょ。でも、変ね。今頃、あなた、陣屋の正体を知りたいだなんて……彼、新宿のデパートの警備員という話じゃなかったかしら?」

「ところが、それも嘘だったんです。彼の言うデパートには、陣屋などという人はいませんでした。そのくせ、彼は毎週一回、きっちりと電話をしてきます。住所は吉祥寺近くらしく、昼間、何をやっている人間なのか、まったく見当もつかないんです」

「その男の顔写真や、現住所の電話番号など、何か手掛かりになるものはありますか?」

「はい。用意しております」

淑子はバッグから、井の頭公園で一緒に並んで撮ったスナップ写真をさしだし、

「それに、住所と電話番号は、こちらです。勤務先はわかりません」

「いいわ。こちらで調べてみましょう。その男についてほかに何か、変わったことは?」

「そういえば、最近、時々、主人の会社のことを聞いたり、話題にしたりすることが多くなりました。先日などは一度、主人の留守の間に書斎に入って、これこれのものを探してほしい、とまるで産業スパイのようなことを頼むんです。それで、急に私も、薄気味わる

くなりまして……」

「ご主人の会社のことをねえ。それは少し、変よ。いいわ、ともかくその男のことを調べてみましょう。ついでに、あなたの家の付近の略図と、ご主人の会社のことなど、もう少し詳しく教えてちょうだい」

それから約三十分後、秋沢淑子は立ちあがり、

「くれぐれも、よろしくお願いいたします」

深々と頭をさげて、クリニックを出ていった。その後ろ姿を見送りながら、

「岬くん――」

貴堂舞子は、助手の岬慎吾を呼んだ。

「はい」

と、カーテンの陰から現われたのは、さきほどの白衣を着た凛々《りり》しい青年治療士である。

「聞いたわね。今の患者の悩み」

「はい。すっかり拝聴に及びました」

「ちょっと、動いてくれる？　その陣屋という男のこと、とても気になるわ。洗うにはまず、亭主の会社のことあたりから調べたほうがいいかもしれないわね」

岬慎吾は、貴堂クリニックの男性治療士として働きはじめて、三年目になる。大学の専

攻が精神医学だったので、貴堂舞子に引っこ抜かれたわけだが、それだけではなく、カンフーの達人でもあり、性的能力も抜群であり、患者の相談や事件の調査にともなう多少の危険や妨害にあっても、それを排除しうる暴力的強靱《きょうじん》さをも、あわせて有しているので、いまやクリニックの副院長格として、八面六臂《ろっぴ》の大活躍である。

その岬が、

「あの人妻、色っぽいですね。ぼく好みだ。あんな芙蓉《ふよう》みたいな人を困らせるやつは、許せない。やってみましょう」

彼が白衣の袖《そで》を抜くとき、事件はたちどころに動きだすのである。

4

都心部には細かい雨が降っていた。

三月の雨は、冬の雨のように冷たそうだった。それが、車のライトの中で、ときどき白く氷のように光って見えた。

車は銀座ランプから首都高速にのった。先をゆく濃紺のラングレーを見失わないよう、なかに二、三台はさんで、岬慎吾は自分のスプリンターを、同じように首都高速にのせた。

雨で高速は混んでいた。渋滞というほどではない。夜の銀座界隈《かいわい》を濡らす雨と、尾行するラングレーを見ながら、岬は、淑子の夫、秋沢隆行のことを考えていた。

岬がこれまでに調べたところ、秋沢隆行は、ふつうの意味のサラリーマンではない。電子技師であり、幾つかの新製品を開発しており、彼の所属する会社もまた、注目されている会社であった。

その会社、東京電子産業は資本金一億二千万円。ホール素子、平面コイル、精密小型モーターなどを作り、従業員は百六十人たらずだが、売上高は三十五億円と、業績がよい。

主製品はVTR、CDプレーヤーなどに搭載する電子コイルである。コイルといえばふつう、モーターの中の電線をぐるぐる巻きにした部品を思いだす。

だが、東京電子産業が作るコイルは、その手のものではない。まず、筒型ではなく、円盤型。その上の磁石をリニアモーターの要領で回転させる平面コイルの開発によって、超小型、薄型化して、日本のコイルは新しい時代に突入したといわれるが、東京電子産業ではそれよりもさらに飛躍的な技術へと進み、電線を巻きつけるという複雑で面倒な工程を一切、必要としない技術を完成させている。

それは、半導体と同じフォトエッチング（写真製版）の技術を活用し、銅箔《どうはく》の上にパターンを描き、薬品処理でコイル線に代わるものを作って重ねあわせ、電線と同じ働きをさせる技術を考案して「精密シートコイル」なるものを完成させたのである。

その「精密シートコイル」は、「軽薄短小」という流行にのって、今やCDプレーヤー、カセットデッキ、VTRにと多用途に使われはじめ、爆発的な当たりをとっているらしい。

「その精密技術開発陣の中に、淑子の夫は入っているんです。中心人物といっていい。これ、何か匂《にお》いませんか?」

——昨日、岬が調べてきたことを貴堂舞子に報告すると、舞子は腕組みして遠くを見つめ、

「スーパーでの主婦の万引きにことよせて、淑子に接近した陣屋卓造という男は、淑子の肉体だけが目的ではなかったのかもしれないわね。その夫が所属する会社の秘密や、夫が研究開発しているものを盗みだすために、計画的に淑子に接近した、ということも考えられるわ」

「ええ。ぼくにはどうも、そんな気がするんです。第一、その平面コイルというのも、二年余の研究と六千回もの試作を繰り返した結果、やっと完成したといいますからね。重ねあわせた銅の部分をどう接続するか、というあたりに重大な企業秘密があったらしいんです」

「でも、それはもう技術が完成して、製品化されて売りだされているわけでしょう。今さ

ら、他社が盗みだしたって、なんの役にも立たないと思うけど――」

「ええ、一応はそうもいえますが、企業秘密は、ただそれにとどまるわけではないんです。秋沢が所属する会社では、その平面コイル以外にもホール素子という将来の宇宙工学にも使えるものを作っていましてね」

「ホール素子って何なの？」

「はあ。参ったな。説明するのは、ちょっと難しい」

だが、端的にいうと、こうだ。

ホール素子というのは、金属の一種であるインジウムとアンチモンを五〇対五〇の割合で合金にし、薄い膜にのばした半導体である。

この半導体の膜面に、垂直に磁界を加えると、電圧が発生する。大学の研究室の範囲では、その原理は昔からわかっていたが、ミクロン以下の超薄型の膜にしなくてはならないため、工業製品として実用に役立てる方法が、なかなか開発されていなかった。

そのホール素子を研究していたのは、もともとは武蔵野工業大学のS教授の研究室である。「東京電子産業」の創業社長楠村塔之進は、この研究室に教材用の電気機器を納入する商人として出入りしていたそうである。

いわば、秋葉原の電気屋さんだったのだ。ところが、大学の研究室で教授や助手たちの知遇を得、一緒にホール素子を研究するようになり、インジウム・アンチモンを真空の中で気化させ、雲母《うんも》の表面に蒸着させる真空蒸着法というのを考えだし、それで取りだした雲母をガラスなどにくっつけて工業製品として加工する方法を、ついに発見したのである。

ホール素子が、それを待ち望んでいたコンピューター化社会に、ついに登場したのである。事実、新しい半導体なので、用途はきわめて広い。「東京電子産業」では、まず最初に、磁力を測るガウスメーターという計測機に利用した。三百万円もしたガウスメーターが、ホール素子のおかげで、わずか七万円でできるようになった。

これは、のちに特許庁長官賞を受けた。つづいて、ロケットの姿勢制御検出器、自動車のエアバッグ用衝突センサーへと、無限の実用可能性が広がっている——。

「へえー、何だか難しい話で、私にはよくわからないけど、そのホール素子というものをめぐっても、何やら実用開発競争が行なわれているというの？」

「そうです。今申しましたロケットの姿勢制御検出器など、将来の宇宙工学用の用途をめぐって、いろいろなテストが行なわれており、秋沢隆行は、その研究チームのチーフをしているんです」

「あなたのいう線も、あながち考えられなくはないけど、それにしてもちょっと飛躍よ。何か、証拠でもあるの？」

「いえ、今のところ、客観材料だけですが」

「それじゃ、産業スパイに狙われた人妻、と決めつけることはできませんよ。もう少し、陣屋のことを探らなくっちゃ」

「じゃあ、秋沢淑子には、陣屋のことをとりあえず、どう報告するんです？」

「どうにもこうにも、まだ報告はいたしません。まだ何一つ、わかっていないじゃないの」

——すべては岬くんの活躍次第よ、とすまして言う舞子に、岬はいささかむかっ腹が立ち、

「だいたいあの人妻もおかしいですよ。男と女が裸で寝ていて、その相手のことを女が何一つ知っていないなんて、こんなばかな話がどこにありますか」

「そう怒っては、なんにもならないわ。あの人妻からは当クリニックは診察代という名の調査費をしっかり貰っているのよ。ちゃんとしたリポートが書けるよう、陣屋のことはあなたが探らなくっちゃ」

舞子にのせられて、岬は今、しゃかりきになって陣屋卓造のことを探っている。

おかしな男であった。定職というか、勤務先というものを持たない。そのくせ、羽振りがいい。銀座、赤坂のクラブで豪遊しているかと思うと、本郷や茗荷谷《みょうがだに》の古ぼけた大学研

究室に出入りしたり、また日野市郊外の雑木林の丘にある大手エレクトロニクス企業のミサイル開発部門に、名刺一つで出入りしたりしているのであった。

陣屋が淑子に話していたような「警備員」どころではないのである。

今夜は夜九時以降、銀座のあるクラブに入りびたっていた。夜十一時半、あまり大きくはない雑居ビルの中のクラブから、女連れで出てきたところを突きとめ、岬は用意していた自分の車で、陣屋が運転するラングレーの尾行を開始したのである。

雨はいつのまにか、小降りになっていた。

陣屋が運転するラングレーは、首都高速を幡《はた》ケ谷《や》ランプで降りた。先をゆく濃紺のラングレーは甲州街道にのり、やがて代田橋の手前で右の道に入ってゆく。

岬も用心深くその道にのり入れた。

ラングレーは路地を幾つかまわって、真新しい大きなマンションの前に停《と》まった。

銀座から乗せてきた女を降ろし、車はそのまま、裏の駐車場のほうにまわってゆく。

岬はスプリンターをマンションの横で駐《と》め、キイを抜きとって素早く降りた。フロントに入ると、女はもうエレベーターに乗ったらしく、姿が見えない。メールボックスをあたると、九〇一号室という箱に、なんと陣屋卓造のネームカードが貼《は》られていたのだった。

（そうか。ここが、やつの住まいか。淑子には吉祥寺あたりに住んでいると思わせていながら……）

岬は素早く、エレベーターホールのほうに歩いた。いずれ、陣屋がそこに入ってくると思ったからだ。エレベーターは上層階に止まっていたが、ボタンを押すと、やがて下に降りてくる表示が見えた。

箱が開いたとき、ちょうど、フロントから入ってきた陣屋が、そのエレベーターに間に合うという、きわどいタイミングだった。

岬は先に乗った。陣屋も乗ってきた。彼は岬のことを少しも不自然とは思っていないようであった。

むこうは、面識がないのである。

エレベーターには、ほかに客はいなかった。

陣屋は意外に老けた顔をしていた。

もっとも男というものは、女の前で見せる顔と、仕事や取引相手とむきあっている時に見せる顔、そして自分一人になった時の顔をちゃんと使い分ける。

この男が、いかに秋沢淑子の弱みにつけこみ、誘惑し、たぶらかしているとしても、いつもでれでれしているわけではないのである。

エレベーターは、九階に昇ってゆく。

九階が最上階であった。

その上は、屋上しかない。

岬は、とっさに計画を決めた。

エレベーターが九階に着き、ドアが開いた。

陣屋よりも前に岬は外に出た。さいわい、人影はなかった。

九階のエレベーターホールは狭かった。すぐ横に、屋上への階段がある。陣屋が箱から出てきた時、岬はその前に立って正面をむきあったので、陣屋はぎょっとしたようである。

「あんたは?」

そう問うている顔だった。

「ちょっと、屋上まで一緒に歩いてくれませんか?」

「私に、何か用事でも?」

「銀座の女と遊ぶのはいい。しかし、あまり堅気の人妻を困らせるのはよくないね」

「人妻……? 何のことだ?」

「とぼけるんじゃない。秋沢淑子のことだ。あんたはあの人妻をたぶらかして、夫の企業秘密を盗もうとしているんじゃないのかね?」

「きみは何の権利があって、そんなことをきくんだ！」

「大声を出すと、マンション中の人にきこえるぞ。とにかく、話をつけたい。屋上に上がってもらおうじゃないか」

岬が腕を摑もうとした瞬間、男はぱっとその腕をふり払い、逃げようとした。一瞬、岬の正拳《せいけん》が、風を裂いて男の鳩尾《みぞおち》に打ちこまれていた。

うっと、陣屋は身体を折った。その顎《あご》に、膝蹴りがヒットした。陣屋の上体が跳ねて、エレベーターのドアに叩きつけられ、派手な音をたてながら、ずるずると床に沈んだ。

岬は無表情に引き起こし、陣屋の腕を摑み、エレベーターホールの横の階段を上がってドアをあけ、屋上に出た。

屋上には風があった。雨は熄《や》んでいた。

給水塔の陰に、陣屋を引きずりこんだ。顎にもう一発、かましておいて床に叩き伏せ、襟首をぐいと摑みあげて、

「さあ、あんたはもう逃げられはしないぜ。なぜ、秋沢淑子をたぶらかしているのか、そのへんの事情をしっかり聞こうじゃないか」

岬は陣屋の首を絞めた。本当は、こんなダサイことはしたくはない。が、一筋縄でいかない男が相手なら、暴力を使ってもかまわないというのが、虎ノ門牝猫結社のルールであ

る。

それに、淑子がこんな得体の知れない男とつきあっていて、この先、倖《しあわ》せになるという確証は、どこにもないと思える。

「どうだ。吐くか――」

馬乗りになって、頭髪を握り、タイルの床に、がくがくと頭を打ちつけると、

「言う。言うから、首を、首を離してくれッ」

――陣屋卓造というのは、驚くべきことに、もともとは秋沢隆行と同じように、電子工学者のはしくれだった。以前、籍を置いていた武蔵野工業大学電子工学教室のS教授のもとで、助手をしていたそうである。助手というものは何年たっても、うだつがあがらない。かたや、その教室で試験開発されていたホール素子の理論が、「東京電子産業」を設立した楠村塔之進によって実用化されて持ちだされ、巷《ちまた》で大金になっているのを見るにつけ、給料も安く、頭からこき使われる助手生活にいや気がさし、三年前、研究室を飛びだして、「ベンチャー企業コンサルタント」業なるものを起こして、独立したのだという。

しかし、コンサルタントとは名ばかり。半導体や、電子工学関係の企業の間を転々と歩いて〈情報屋〉のようなことをして、食いつないでいる。超伝導や、半導体、コンピューターなどの技術情報も「切り売り」する〈情報屋〉は、金になるときはどかっと儲《もう》かるが、

干あがると一銭も入ってこない。

不安定な独身生活をしているのも、そのためだし、数か月、これというヒット情報もないので、以前に勤めていた教室から成長したホール素子の実用化技術を盗みだして、競争他社に「売る」ことを思いつき、「東京電子産業」の頭脳といわれる秋沢隆行に近づくことを計画。まず手はじめに、その妻、淑子に近づこうとしたのだと告白した。

「それじゃ、万引きにつけこんだというのは、たまたまのことで、最初から秋沢淑子を狙っていたのか」

「そう思うなら、思うがよかろう。はじめは、何かのセールスマンとして家を訪問するか、道で声をかけるかして近づこうと思い、あの数日、淑子の周辺に出没していたんだ。すると、ちょうどあの駅前スーパーで淑子が万引きするところを目撃してしまって……」

（道理で、スーパーの警備員として乗り込んできたやり口が、いかにもタイミングよく、堂に入っていたはずだ……）

狙われていた中流夫人。人妻堕地獄とはこのことかもしれない。

岬は、クリニックで淑子からきいた「警備員」の話を思いだしながら、陣屋のパフォーマンスのうまさに舌を巻いた。

「それで、淑子からホール素子のデータを巻きあげることに成功したのか」

「とんでもない。まだだ。すべてはこれからだったんだ」

「本当か」

「本当だ。信じてくれ。あんたが何者か知らんが……おれ、本当にあの淑子に惚《ほ》れて、愛情を抱きはじめたんだ。……だから、頼む、おれたちの仲を邪魔しないでくれッ！」

「よくいうよ。今夜も銀座から、若い女を連れて帰ってるくせに」

「違う。あれは、おれの妹だ。妹を送り迎えするのがおれの役目なんだ。誤解するな」

「とにかく、秋沢淑子には二度と近づくな。今度、近づいたらただではおかないぞ」

「あんたは、秋沢の用心棒か」

「そうだとしたら、困るかい」

「頼む。もう企業秘密は盗もうとはしない。淑子にだけは、会わしてくれッ」

泣き叫ぶような声は、妄執《もうしゅう》に近かった。

「だめだね。今度、淑子に呼びだしの電話をかけたら、本当に殺す。いいな！」

岬慎吾は、そう言い残して立ちあがった。

（万引きを餌《えさ》にして近づいた男が、その人妻に惚れこんで、今度は自分の魂を万引きされたってわけか。落語のオチにもならんぜ……）

ふり仰いだ夜空から、また三月にしては肌寒い雨が降りはじめていた。

第二章　官能実験夫人

1

——四月の初めであった。

舗道に舞う風にも、春めいた艶《なま》めかしさが匂《にお》う季節になった。

虎ノ門のビル街にある貴堂舞子のセックス・クリニックに、その週の金曜日の朝、訪れた患者は、若草色のニットのスーツがよく似合う長身の、眼鼻立ちのくっきりしたすてきな美人であった。

胸の金鎖と、柔らかくブローした肩に流れるような長い髪とが見事に調和したあたりは、山の手の何不自由ない若奥様、といったところだろうか。

「いらっしゃい。どうなさいました」

舞子はその患者に丸椅子《まるいす》をすすめた。

「あたくし、主人がとても許せません」

女性はまず、そういうことを言った。

「はい、何かお悩みがあるようですね？」

「ええ……悩みどころではございません。主人は私を侮辱していると思います。とても許せません。私、重大決心をしようかと、思っております」

「まあまあ、そう興奮なさらずに。まず事情をお伺いいたしましょうか」

——多津原絵津子《たづはらえつこ》。三十二歳。既婚。夫は会社員。結婚歴八年。

そういうことが、舞子のカルテにさらさらと書き込まれていった。ペンを置き、

「で、ご主人に対する不満というのは？」

「はい。——センセ、ねえ、こういうことがございますでしょうか。主人はもう一年間も、私の身体《からだ》に指一本、触れようとはしないんですのよ」

絵津子は、最初の勢いから幾分トーンダウンして、眼を潤ませて、口惜《くや》しそうにそう訴えた。

「なるほど、夫婦生活のご不満ですね。ご主人、あちらのほうが、駄目になったのですか？」

「いいえ、とんでもない。不能なんてものじゃありません。愛人がいるんです。むこうの女にはせっせと励んでいて、私とは一度もいたさないなんて……ねえ、センセ。こんな侮辱的なことがあるでしょうか」

夫に愛人がいる、と絵津子はかなり自信を持って、言いきった。それをただ咎《とが》めだてする、というだけなら、世間によくある浮気や不倫のトラブルだが、絵津子の相談のニュアンスはどうやら、その紛《も》め事を解決してほしい、という単純なことではないらしい。

「どうしてご主人に愛人がいる、とおわかりになったのでしょう」

「そりゃあ、わかりますわ。勘というものでしょうか。香水の匂いや、口紅をつけてくるとか、ラブホテルのマッチを持ってくる、などということは、主人は決していたしません。でも、ちゃんといるのです。その愛人と、毎週一回は寝ているんです。それも会社の若いOLで、岡田まゆみという女なんです……」

絵津子はそういうことを、すらすらと一気に喋《しゃべ》った。まるで、胸の中に長い間、鬱屈《うっくつ》としてたまっていたものを、カウンセラー舞子にむかって、ひと思いに吐きだすといった具合だった。

舞子はその間、無言で聞き役にまわっていた。

胸の中の不満や怒りや嫉妬《しっと》の思いを、洗いざらい、吐きださせて壮快にしてあげるのもまた、カウンセリングの重大な務めである。

それだけで、悩み事の半分くらいが、解決したりする場合もある。

しかし、舞子がちらと怪訝《けげん》に思ったのは、愛人の名前までわかっているのなら、何をいったいこの女性は相談にきたのだろう、ということである。

ふつう、「愛情探偵局」ともいわれる虎ノ門の牝猫《めすねこ》結社「何でもお約束します」に駆け込む女性で、夫に愛人がいるとか、不倫の形跡があるとかいう場合は、たいてい、その不倫の形跡を調査して、相手の女をしかと突きとめてほしい、あるいは別れさせてほしいというのが、相談の核心になる場合が多かったからである。

そしてそうでない場合は、夫の背信によって傷ついたり不満を昂《こう》じさせたりしている妻の心理的、生理的ストレスをどう解消してやるか、といったことが、カウンセリングの主要なテーマになるはずであった。

ところが、この絵津子の相談はどうも、そういうことでもないようであった。

舞子は問診をつづけた。

「で……ご主人がおつきあいなさっているその岡田まゆみというOLは、どういう女性なのでしょうね？」

「どうもこうも、よくある社内情事ですわ。その女、主人の部下なんです。それも、そんなに凄《すご》い美人でもなんでもない、ボケーッとした若い娘で、どうして主人があんな女にうつつをぬかすのか、私にはまるで、見当がつきません。それで私はとても、侮辱された気がするんです」

「はいはい。奥様のお気持ち、よーくわかりますわ。男というものはまったく度しがたいもので、すてきないい奥様を持ちながら、一方では浮気をしたり、つまらない女に引っかかったりする。ホント、何という動物でございましょうね」

舞子は絵津子の立場に、大いに同情を示した。すると絵津子は、わが意を得たりとばかりに眼を輝かせ、

「それで、先生にお願いしたいというのは、ほかでもございません。なぜ主人が、むこうの、あんなつまらない女に入りびたるのか。その理由をしかと突きとめてほしいのです」

「突きとめろ、とおっしゃられましても、こればかりは好みや趣味、嗜好《しこう》の問題でして、ご主人じゃないと、わかりませんし……」

「主人に確かめていただいても、駄目でございましょうか」

「駄目でしょうね、きっと。のれんに腕押しで、うまくかわされるのがオチだと思いますけど」

「そこで私……考えてみました。好みや趣味なら、ネクタイやお洋服でも嗜好テストとい

うものがあって、それである程度、わかるときいております。男女のセックスにも、そういう相性テストといいますか、嗜好テストというものがあってもよろしいのじゃないでしょうか」

「はあ、どういう意味？」

舞子はいささか驚いて、思いがけないことを言いだした美しい患者の顔を見つめた。

絵津子はそれから、恥ずかしそうに顔を伏せ、

「つまり、その……何と申しますか……どなたか、当クリニックの男性セラピストの方に、むこうの女と、私と、両方を検査していただく。そうしてどこがどう違うのかをきっちり、突きとめていただければ、私、どのようにも主人が喜ぶような体位や愛技を尽くして、主人の愛を取り戻せると思うんですけど――」

絵津子は、かなり思い切ったことを提案したのであった。

なるほど、と舞子は感心してしまった。

男女の相性は、セックスだけで決まるものではない。しかし、絵津子の夫、多津原文平なる男が、これほどすてきな妻をさしおいて、あまり見ばえのしない部下のＯＬにのぼせているところをみると、かなりの部分、セックスの差違や相性も、原因していると思わせる。

それを公平にはかるのは、客観的にある一人の男性が、両方の女性を「試して」実地にセックスをしてみることである。

これはいいアイデアかもしれない、と舞子は腕組みをした。アメリカ留学時代の舞子の恩師、チャールズ・エマーソンでさえ、やったことのない、きわめて大胆な、興味のある「セックス構造テスト」というものである。

それを、舞子のほうから患者に押しつけるのは、いささか人権無視になるが、患者の絵津子のほうから申し出ているのだから、その点は大丈夫だと思える。

それに、虎ノ門クリニック「何でもお約束します」には、何といっても、岬慎吾という切り札的存在の、頼もしい男性セラピストがいるではないか。

舞子は早速、具体的なそのテストの方法について絵津子と打ちあわせに入ったあと、

「岬くーん」

カーテンのむこうで、カルテを整理していた岬慎吾を呼んだ。舞子のクリニックの副院長であり、助手でもある岬慎吾が白衣を着たまま、カーテンをあけて姿を現わし、

「はい。何か？」

爽《さわ》やかな顔をむけた。

「あなた、セクスターをやってくれる？」

舞子の処置はいつも迅速で、積極果敢である。

「は？」

岬慎吾は聞き慣れない言葉に、怪訝な顔をした。「セクスターと言いますと？」

「セックス・テストをやる試験官のことよ。いわば、セックス・テスター、略してセクスター。あなたなら、きっと適役だと思うけど」

「はあ、で、どんなテストを？」

舞子は率直に核心をのべた。

「ある女性患者とベッドをともにする。そうしてその患者《クランケ》の肉体的具合を充分、記憶装置に入れておいて、次に対象被験者となるもう一人の女性とも、ベッドインする。その両方の女性の性的具合の相違、特徴や声の高低やテクニックや性器の構造の相違などについて、詳しく学問的な比較検討の考察を加えたうえ、そのリポートを私に報告してほしいの」

「はあ」

岬慎吾はようやく意味がわかって、選ばれたる者の恍惚《こうこつ》と不安をその表情に浮かべ、

「ご趣旨は、ごもっともで、ぼくにできることなら、やってみましょう。で、その女性患者というのは？」

「ほら、一人はここにいらっしゃる方よ」

舞子は患者の多津原絵津子に岬慎吾をひきあわせ、

「ね、すてきな奥様でしょ。多津原絵津子さんとおっしゃる方よ。ご挨拶《あいさつ》なさい」

美青年、岬慎吾が明眸皓歯《めいぼうこうし》の涼しい顔をむけて、

「岬です。よろしくお願いします」

そう言うと、絵津子はぽっと顔を赤らめ、もじもじと、恥ずかしそうに俯《うつむ》いてしまった。

「こちらこそ、よろしくお願いいたしますわ」

夫に侮辱されたと息まいていたさっきまでの勇ましさはどこへやら、絵津子の声は、もうすっかり、床入り前の花嫁のような、蚊のなくような声になっていた。

2

官能テストの日は、よく晴れた日だった。

岬慎吾はバスを降りると、五、六分歩いた。多津原絵津子の家は、横浜の高級住宅街、青葉台のなかにあった。道はゆるやかな坂道になっていて、歩くにつれて足許《あしもと》に小さな丸い影法師ができていた。

陽射《ひざ》しは柔らかいが、風が強かった。両側に家が建ち並んでいた。どの家も塀と、庭木

と、門扉《もんぴ》を持っていて、ふつうの建売住宅地よりも、はるかに垢《あか》ぬけしていて、豪邸街ともいえた。

絵津子の家は、すぐにわかった。やはり、白い二階建ての豪邸だった。門の前に、品川ナンバーの、白いクラウンのハードトップが駐車していた。

表札には、多津原文平とあった。

それを確かめて、岬は手に持っていたメモを裂いて、風に飛ばした。

絵津子に渡されていたメモだった。

蛇腹式の門扉は、閉まっていた。

岬は、門柱のインターフォンを押した。

「はあい」

と、声が返ってきた。

「虎ノ門クリニックの岬慎吾です」

「どうぞ。門扉は手であけられます」

なるほど、門扉は手をかけると、すぐ横にひらいた。岬がカーポートを通って、玄関に着くと、ドアは内側からあけられ、

「お待ちしておりました。——主人は今日から出張ですし、お手伝いには暇をやりました。

どうぞ、お上がりになって」

多津原絵津子は、白いニットのワンピースを着て現われた。昨日は若草色だったが、きょうは純白。でも、よくよくニットが好きな女性らしい。

長身で細身で、すっきりしたボディラインをしているので、ニットがよく似合うのかもしれない。優雅で、貞淑な印象も受ける。

絵津子は岬を応接間に通すと、紅茶とケーキを運んできた。

話にきくと、絵津子の夫は東京興産という会社の業務課長らしい。三十八歳で課長で青葉台にこれだけの家を構えているのだから、相当、金回りのいいエリートといえよう。

「男って、ずるいですわね。自分が不倫をやっているものだから、この家や、練馬の実家の土地など、かなりの部分を私名義にしてくれてますのよ。でも、そんなことで頭を撫《な》でられましてもねえ……」

絵津子は問わず語りに、そんな夫婦生活の内幕を話した。そしてあわてて、「ごめんなさいねえ。岬さんに大変なお役目を押しつけてしまって」

絵津子はむかいに座っていても、緊張と恥ずかしさで、満足に紅茶も喉《のど》に通らない、といったふうであった。

「いいえ。ぼくは光栄ですよ。奥さんのようなすてきな美人の、セクスターになれるなんて」

「ありがとう。そう言っていただけると、とてもうれしいわ。あのう、お車でなければ、お酒、おだししましょうか」

「試運転にアルコールは禁物です。厳粛、公平に、奥さんのメロンを試食してみなければなりませんから」

「ええ……そ……そうでしたわね。あたくし、お風呂《ふろ》を使って参ります」

絵津子は自らを勇気づけるように、勢いよく立ちあがって、応接間を出てゆこうとした。

出口のところで立ち止まり、絵津子は恐る恐る、瞳《ひとみ》をきらめかせて言った。

「あのう……もしよかったら、寝室にご案内いたしましょうか。あたくしがシャワーを使っている間、どうぞお先に、お楽になさっていてもかまいませんが」

多津原絵津子は、本当は慎み深い性格のようであった。

バスルームからあがってきても、浴衣をきつく身につけていた。もっとも寝室に入ったところで、岬に迎えられて、立ったまま接吻《せっぷん》を見舞われ、乳房のうえに愛撫《あいぶ》の手をすすめられると、その浴衣が喘《あえ》ぎにつれて、汗ばんできて、肌にべたつく感じになってしまった。

「ああ……こんなところでは、恥ずかしいわ」

絵津子は震えるような声で囁《ささや》いた。

「ねえ、ベッドに……お願い」

それというのも、岬の指はもう探るように絵津子の股間《こかん》にのび、秘所に届いていて、女芯《にょしん》の果肉が熱く濡《ぬ》れているのを早速、テストするように確かめていたからである。

岬に抱かれて、絵津子が苦しそうに身をよじったのも、無理はない。実際、秘唇からあふれるものが、熱く流れでて、床のカーペットにしたたり落ちるほど豊潤であり、それが恥ずかしい、といわんばかりの身悶《みもだ》えぶりなのであった。

なるほど、夫の多津原文平は、絵津子をふだん、満足させていないらしい。一年間、何もない、というのは、本当かもしれない。

ねえ、ベッドに……二度目に促された時、岬はその柔らかい身体を抱きあげて、キングサイズのベッドに静かに抱き降ろした。

岬はブリーフ一枚だった。絵津子を横抱きにして、くちづけをしながら、浴衣の帯をしゅっ、と解いた。

絵津子は、浴衣の下には何もつけてはいなかった。片側だけ、浴衣の合わせ目をめくると、ふくよかな乳房がすぐに現われた。

「ああ……恥ずかしい。……昼間っから」

そう言いながらも、絵津子は浴衣の襟を苦しそうにかきわけて、乳房をだした。まるでそこを吸ってほしい、と要求しているようでもあった。

ぷるん、とするほど張りのある乳房のまん中に、朱《あか》い乳首が苺《いちご》を切りとってのせたように、鋭く光りはじめていた。

そこに岬の唇が舞いおりた。軽く乳頭を含み、あやすようにあしらうと、絵津子はシーツを摑《つか》み、

「ああ……」

甘い溜《た》め息を洩《も》らした。

「ねえ。カーテンを閉めて暗くしましょう」

「だめ。あなたのすべてを検査しなくっちゃならないんだから」

岬は言いながら、片側の浴衣の襟も広げて、腕を脱がせた。

左右の乳房が露わになった。きれいな胸ですね、と言いながら、岬は掌《てのひら》いっぱいで、右側の乳房を押し包んだ。

強弱をつけて揉《も》むと、

「ううッ……」

甘美で、艶めかしい声が噴きあがった。

でもまだ、絵津子の最も女性たる部分は、ひっそりと浴衣の奥に秘められている。

岬は静かに、そこをひらいた。白い腹部が現われるにつれ、黒い、こんもりした茂みが恥ずかしそうに姿を現わしてきた。

ヴィーナスの丘は高く、その下に切れこむ秘唇は、朱いクレバスを見せて何かの傷口のように、ぱっくりと口をあけ、悶えるようにうごめいていた。

そこにはすでに、一条の白い透明な液があふれている。岬はその裸身に寄り添い、指をあふれでる秘唇の中に差し込んだり、そのまわりを散歩させたりしながら、くちづけをしていた。

舌と舌が出会うたび、秘唇の中に埋もれていた指の、第二関節のあたりに、キュッ、キュッと、摑まれる感じが訪れてくる。

おや……と思った。

人妻にしては珍しい女性だと思った。

意識してやっているのではなく、また職業的習練を経てやっているのではないとすれば、相当な美質だといえる。

（なるほど……上下が連動している。これほどの女体を愛さないなんて、夫の文平は何を

考えてるんだろう)

岬はテストの情況を推しすすめるため、今度は唇を、乳房に移してみた。尖《とが》りきった乳首を口に含むと、

「ああッ」

と悩ましい声が洩れ、絵津子の腰は揺れた。

そしてそれと同時に、膣の中の指が、キュッ、キュッと、締めつけられてくるのが、はっきりとわかるのだった。

絵津子は実に見事な連係動作のできる女のようである。唇や乳首でなくても、どこを接吻しても、それは同じかもしれなかった。

(わからんな。これほどの女体を放っといて、並みの若い女に狂う文平という男。いったい、何を考えてるんだろう……?)

「奥さん、すてきですよ。どこもかしこも性感帯となっていて、それがいずれも連動している」

「恥ずかしいこと、おっしゃらないで」

「しかし、ほんとなんで。ほらほら――」

岬がふたたび、試すように乳首を吸うと、

「ああん……そんなこと、しないで」

「だって……感じてるみたいじゃないですか」

「感じすぎるのよ、とても。それより……早く、テスト棒をいただきたいわ」

そうしている間にも、ぐっしょり濡れたままの秘部に、岬の指はさしこまれており、そこをうごめかせるたびに、白い尻《しり》の肉を震わせて、絵津子はほしい、とねだるのであった。

岬は、自分がセクスターであることを思いだした。その任務をさらに、厳粛に推しすすめなければならなかった。

岬は、絵津子の身体を押し広げ、挑む姿勢をとった。

求めているくせに絵津子はそうされる間、一瞬、いや、恥ずかしい、やめて、というふうに股をきつく激しく閉じようとした。それをこじあける感じで位置をすすめ、雄渾《ゆうこん》な分身を女の部分にあてがった。

「案内してくれませんか、奥さん」

恥ずかしげにためらいながらも、やがて絵津子の手がのびてきて猛《たけ》りの部分をそっと握り、自分の秘孔に導いた。

先端が触れただけで、ああッ、という声が洩れた。

つらぬき通すと、絵津子はもうそれだけで、大きな声をあげ、眼をまわしたような顔になった。

岬がまだ動きださない前から、あふ、あふ、と泡を吹くような声をあげ、芯糸を抜かれた人形のように、絵津子はその全身を勝手放題にうねくらせている。

「いい。……じっとしてて」

岬の腰に手をあて、眼を閉じる。

その膣のなかに受け入れたものの張りさけそうな感じと甘い灼熱感《しやくねつかん》を、どこか大切に頬《ほお》ばって味わっている、という感じだった。

（やはり、長い間、干されていたようだな。充《み》たされたのは、久しぶりらしい。それにしても、悪くはない。こんないい女を干している夫、文平には、何か秘密があるのではないか）

岬は、絵津子の立場に同情も湧《わ》いて、セクスターとしての立場も忘れ、それからはいっそう恋人のように、思いやり深く、みっしりと動いた。

動きながら、接吻をした。そうして首筋にも接吻を見舞った。すると、連動している女芯が、あわびのように締まりはじめ、

「ああん、ああん」

むずかって、泣くような声になった。

「いい……ねえ、あたし、どうにかなりそう」

声は連続して、高い喘ぎとなり悲鳴となった。

絵津子はすっかり乱れきって、のけぞった。しばらくつづいていた声が突然、きこえなくなった。

絵津子はシーツに顔を埋めたのである。ねじむける恰好《かっこう》だった。声まで押し殺している。

岬は、絵津子の腰を抱いて、リズミカルに動いた。動きながら、絵津子のクライマックスはもう近いな、と考えた。

3

庭の芝生に夕暮れ前の、光が射していた。

そこに白いデッキチェアが持ちだされ、日傘の下の折り畳み式テーブルが広げられ、岬は絵津子によって、ブランデー・サワーをふるまわれた。

午後三時頃《ころ》、春の小雨が通りすぎていったあとの芝生は美しかった。久しぶりに愛の驟《しゅう》雨《う》に濡れたあとの人妻も、美しかった。

「あたくし、とても満足いたしました。あんなことしたの、ホント、久しぶりなのよ」

耳許《みみもと》で、そっとそう囁く。

岬は、まるで自分がその絵津子の、若い愛人のような気分になってきた。

絵津子は、その小さなテーブルの上に、持参してきたアルバムを広げた。

「ねえ、見て下さい。これが主人なの。私には子供はいません。なぜだか、できないんです。だから、嫌われているのでしょうか？」

「そんなことはないでしょう。今は大家族制度の時代ではない。子供ぐらい試験管ベビーでも、借り腹でも、養子縁組みでも、なんでもして間にあうじゃありませんか」

岬は、アルバムをめくって言った。

絵津子の夫、多津原文平は、それほどいい男ではないが、まあまあの男前で、そこそこの押しだしもある中年男だった。

アルバムには二人の結婚式の時から、旅行、テニス、別荘ゆきなど、ミドル階層の小市民的スナップがたくさん貼《は》られていたが、時には文平の会社の運動会や旅行のスナップ写真も貼ってあった。

そのうちの一枚を、絵津子の指が押した。

「この女なんです。見て下さい——」

なるほど、伊豆《いず》の高原で撮った職場グループの中の、まん中にいる若い女を絵津子の指が押さえていた。それが、岡田まゆみという女らしい。それほど美人ではないが、しかし絵津子がいうほどブスでもない。まあまあ十人並みの器量の、健康そうなグラマーな女子社員が、そこには明るく笑っていた。

「ねえ、いかが？　つまんない女でしょ。何で主人が、こんな女に夢中になっているのか、私にはわかりません。でもきっと、何かの秘密があるのかもしれません。岬さん、セクスターとしてこの女の身体も、しっかり検査して下さい。お願い、私たちの倖《しあわ》せを守るために――」

絵津子は耳許で、そう囁いた。憂いのある人妻から、そこまで言われると、岬としてはますます騎士のように、その任務に、張り切らざるをえないわけである。

4

「へええ。そんなにいい身体だったの？」

あくる日、貴堂舞子は虎ノ門のクリニックで、セクスター岬慎吾の結果報告を聞いて、いささか驚いていた。

というのも、舞子は内心、絵津子を不感症気味の類《たぐ》いの女ではあるまいか、と思っていたからである。

ほっそりしたあの身体つきでは、外見はいいが、性的には案外、淡白だったり、冷感、鈍感だったりして、男の失望を買うケースが多い。絵津子もそういう「ゴボウのような女」なのではあるまいか、と考えていたのである。

すると、

「とんでもない。あの奥さんはなかなかのもので、夫に干されていた分を差し引いても、感度抜群だと思いますね」

岬は、そう反論した。

そうなると、舞子は首をかしげてしまう。

「おかしいわね。外見もあのとおり、すてきな美人だし、中身もそんなに具合がいいのなら、文平という男、どうして奥さんを放ったらかしにしているのかしら」

変だわ、と舞子は腕組みをした。

こういう場合、ふつう、考えられるのは、妻の気位が高かったり、男まさりだったり、極度に潔癖だったりして、夫に性的意欲を湧きたたせない。あるいは、夫婦喧嘩《げんか》がつづいて冷戦状態だったりして、夫がほかの若い女のところに走って憂さを晴らす、といったケースだが、絵津子の話によると、そのいずれのケースもあてはまらないようである。

絵津子は少し上品にかまえているきらいはあるが、決して気位が高いというほどではない。また、潔癖だというほどでもない。また、夫婦の間に表だった戦争が起きているわけでもないというのである。

（そうすると、原因はやはり、夫のほうにあるに違いない。あるいは、その岡田まゆみという女が首に手綱を巻いてでも引きつけておきたいほどの、性的に、いい女なのだろうか？）

そういう女の、女体の構造を確かめるのも、セックス・カウンセリングとしての楽しみのひとつであった。で、舞子は途中経過にくよくよすることはないと考え、

「岬くん。次の標的は、岡田まゆみです。絵津子としたら、あなたにセクスターになってもらって、まゆみの具合を探って、比較してまで夫の関心を取り戻そうとしているのですから、今どき涙がでそうなほどの美談じゃないの。その真心は、買ってやるべきね」

――しかし、その岡田まゆみにどうやって近づくかが問題だな、と岬は考えていた。いくら女性に達意のプレイボーイでも、見ず知らずの女に、ゼロから近づいて陥落させるには、それ相当の時間と手順が必要であり、その部分がいささか憂鬱で面倒だな、という気がしていたのである。

すると、舞子がいとも簡単に、

「あーら、おばかさんねえ。そんな手数をかけてまで、近づくことはないわよ。これにもちゃんと、いい方法があるので、ご安心なさい」

そう言ったのである。

え、と驚くと、その方法というものを、伝授してくれた。

こうである。

——多津原文平と岡田まゆみは、毎週一回、都内に文平が買い与えたマンションで落ちあっているらしい。そのマンションは白山にあり、密会は水曜日の夜と決まっていて、時間も夜七時と決まっている。

今週でいえば、あすの夜七時がそうであり、部屋の鍵《かぎ》もあるので、セクスターの岬はそれを使って入ればいい。ふつう、まゆみが先に入っていて、文平は仕事を片づけて、あとから駆けつけるのだが、あすに限っては、文平がその部屋を訪問できないような細工をしておくので、

「セクスターの岬くん、きみが文平のかわりに堂々と入って、まゆみを上手に口説いて、あっという間にベッドインすればいいのよ」

舞子はそういう方法を説明したのであった。

「しかし、驚いたな。いつのまにそんな段取りを?」

「いつのまにって、最初から決まっているのよ。患者の絵津子さんと、おとといのうちにしっかり、話し合いをすませていましたからね」

なるほど、両方の女を味見してほしい、と依頼しにきた以上、絵津子としたら、それなりの方法も考えて、それなりの成算も計算しぬいていたと思える。

これで、難問の一つは、解決したわけである。しかしそれにしても、と岬はちらと不審な気がしないでもなかった。

絵津子としては実に手回しがよすぎるのではあるまいか。あの貞淑そうな顔の裏で案外、何かを企《たくら》んでいるのではあるまいか。

とはいえ、請け負った仕事は、仕事である。セクスター岬慎吾は、そのあくる晩も、虎ノ門クリニックを代表する男性セラピストとして、官能テストに励むことになった。

5

青葉メゾンというマンションは、白山にあった。

岬慎吾がそのマンションの表でタクシーを降りたのは、夜の七時二十分であった。フロントを入って正面のエレベーターに乗った。

多津原文平が買い与えた部屋は、六〇二号室だそうだ。六階でエレベーターを降りると、エレベーターホールの斜め前が、その部屋であった。

ドアの前に立った時、浴室らしい位置の曇りガラスから明かりが洩れ、ハミングする女の声がきこえた。

岬は充分、時間も見はからったつもりなので、その成果は上々である、と思った。

（どうやら、まゆみは帰ってきているようだ。それも、素裸になって浴室にいるとは、実にタイミングがいい！）

岬はチャイムを押さずに、ドアのノブを握った。鍵はやはり掛けられていた。預かっていたキイを差し込み、音のしないよう、静かにドアをあけた。

岬は中に入ってドアを閉め、鍵をかけた。靴を脱いで上がった。予想どおり、上がった通路の右手がバスになっており、奥に寝室があって、リビングの椅子の上に、岡田まゆみのものと思える華やかなブラウスやスカートが脱ぎ重ねられていた。

「課長なの？……遅かったわね」

岬が浴室の近くで、手早く衣服を脱ぎはじめている時、中から女の声が響いた。

岬は物音をたてただけで、返事をしなかった。

「ねえ、どうしたの？　会議が長びいたの？」

「うん。ちょっとね、会議が紛糾しちゃって」

シャワーの音が響いていたので、その程度の返事なら、他人の声とはわかるまい。返事をし終わった時、岬はもう全裸になっていた。

「ねえ、早くいらっしゃい。洗ったげるからさあ」

まゆみという女は、根っから明るい性分のようである。

岬はドアを細目にあけて、中を窺《うかが》った。湯気がもうもうと立ちこめていて、まゆみは今、後ろむきになって、シャワーを浴びている最中だった。

（うむ。今なら確実に、成功するな）

不法侵入者やレイプ犯が、こういう方法を使えば一発で成功するわけだ、と岬は世の中の犯罪についていらざる心配を抱きながら、そっとガラスドアをあけて湯気の中に入り、まゆみのすぐ後ろに立った。

まゆみはなるほど、すらっとしてスタイルがいい。小麦色の肌が、湯をはじいていた。腰はくびれ、臀部《でんぶ》は豊かで、すごくグラマーな感じだった。

「遅くなって、ごめん」

言いながら、シャワーの中に一緒にもぐりこみ、後ろから乳房を抱いた。乳房も張っていて、腕の中で弾む感じだった。

岬はもう遠慮なしにセクスターになりきって、首筋から肩へ接吻をすすめながら、片手で乳房を揉んだ。ああ、とまゆみがのけぞって、シャワーの雨を顔にまともに浴びたようだった。岬のもう一方の手は、股間にのびて、湯気で柔らかくなった茂みを撫で、その下の秘唇にさえ、くぐりこんでいた。

「ああ……課長の、せっかち」

甘やいだ声が洩れ、まゆみは後ろ手に、岬のものを触りにきた。その手はすぐに、逞《たくま》しく勃起《ぼっき》した男性自身に触れ、そっと握りしめてきた。

その時、かすかに手がはじかれたような、最初の驚きの反応があったようである。それはちょうど、いつも握り慣れているものより、硬くて大きいことに驚いた、という感じだった。

「あら」

まゆみはそれから、後ろむきのままおなかのあたりをさすった。

「課長、なんだかおなかがスマートになってきたわね。アスレチックのおかげかな」

「うん。きみのおかげだよ、きっと」

言いながら、岬はまゆみの身体を、くるっと正面にむかせ、接吻をした。

その時、接吻をしながら、何気なくまゆみの瞳《ひとみ》が見開かれた。

まゆみは最初、自分の見たものが信じられなかったのだろう。いつも密会をしている職場の上司、多津原文平ではないと気づき、びっくりして、鯉《こい》がもがくような激しい反応で一瞬、腕の中で悶えた。

「静かに。——まゆみさん、課長は今夜は、急用ができて来れなくなってね。ぼくが代わりに、あなたの恋人役を承って、参りました」

「誰《だれ》なのッ……あなた、誰なのッ」

「そう驚くことはない。あなたの恋人と思えばいい。今夜からのね」

「まあ、厚かましい。いやッ、はなしてッ……恥ずかしいわ。初めての男の人と……こんな恰好してるなんて……」

まゆみは息を切らせながら、抱かれた裸のまま、もがいた。

「ぼくはセクスターの岬というんだよ。多津原さんの大学時代の後輩でね。多津原さん、このごろちょっと、疲れてきちゃって、どうやら、あなたが負担になってきたみたいだよ。それでぼくに、今夜のナイトになってくれと頼んできたんだ。だから、ぼくたち、誰に遠慮することもなく、仲よく楽しめばいいんだよ」

そんなふうに優しく言いきかせながら、岬は愛撫の手をすすめていった。すすめながら、おや、と岬は内心、思ってもいた。

言ってることはみな、口から出まかせだが、もし、その口実が成功して、岬がうまくまゆみと寝ることに成功すると、まゆみはきっと、こういう若者を差しむけた多津原文平を、心の裡《うち》で憎んだり蔑《さげす》んだりして、もう二度と、つきあうものか、という気持ちになるのではないか。

そして……そうすると、まゆみは多津原文平の許から離れるだろう。絵津子は醜い争いをせずに夫をまた、自分の腕の中に取り戻すことができるのではないか。

(そうか！　依頼人の絵津子のやつ、案外、そういうことを企んでいたのではあるまいか……？)

岬がちらっと、そんなことを思いながら、接吻と愛撫の手をすすめてゆくと、はじめは別人であることを知って驚愕《きょうがく》し、抵抗していたまゆみも、だんだんその抵抗が弱くなり、ぐったりしたように眼を閉じて、もたれかかってきた。

その態度は半分、もうどうにでもなれ、というふうにも窺えるし、自分を裸で抱いている男の出現がまだ半分、信じられなくて、眼をまわしている、といった感じでもあった。

「課長は、ホントにそんなことを言って、あなたをこのマンションによこしたの？」

「うん、ホントだよ。嘘《うそ》は言わない」

「失礼しちゃうなぁ、もう！　侮辱してるわ、あたしのことを！」

まゆみは心底、怒っているようであった。

まゆみは肌が朱に染まるほど怒りながらも、息を荒げていった。実際問題、若い男女が裸で抱きあっていて、乳房や秘唇を愛撫され、女性の側もまた男根に指を添えたりしている段階では、事情はどうあれ、これはもう強姦《ごうかん》の類いではなく、その愛情行為が中止されるものではない。

岬の指先が秘唇を充分に揉みほぐすにつれ、蜜液《みつえき》がそこからあふれでて、まゆみはもう立っていられなくなったようであった。

「ああ……なんてことになったの……私たち」

まゆみはマヨネーズのように揺れた。

「ね、ベッドにゆこうよ」

岬は傍らのバスタオルで、まゆみの裸身を包み、包んだまま抱えて、バスルームを出た。見当をつけて、奥の寝室に運んだ。

ベッドにおろすと、まゆみの双脚が開いた。

バスタオルをむしると、膨満感のある乳房があふれ出た。ふつう、身体を横たえると、乳房の標高は低くなる。だが、まゆみの盛りあがった乳房のふくらみは、ベッドに仰むけにされても充分、裾崩《すそくず》れを見せずにうねっていた。

下半身のバスタオルもむしると、広い面積に密集した茂みが現われた。湯に洗われた茂みはいっせいに、そそり立つ感じであった。

濃い茂みの下に、紅い秘裂が噴き割れた火の花のようにひらいて、うごめいている。

岬はそこに指を送った。生温かい蜜液が静かに流れだしていて、固く尖った芯芽をまぶすには充分すぎるほどであった。

「ああ……」

まゆみは熱い溜め息を洩らした。

「もう、どうなってもかまわない。あたし……あなたと燃えちゃうわッ！」

指がするりと通路にすべりこんだ。

「あっ……」

まゆみは小さく叫んだ。指はゆるゆると神秘のホールを探った。

そうしている間も、触りにきて、

「あら……さっきよりも、凄い……」

まゆみは岬のものを握りしめた。つややかな亀頭部に指を這《は》わせ、毛ぎわまで撫でおろしたりする。

「あたし……目茶苦茶になりたい！　あたしに愛させて……」

目茶苦茶になりたい、というのは、多津原文平に裏切られた気持ちを表わしているのだろうか。それにしても、まゆみのふるまいは大胆で、刺激的だった。髪がぱっと背中に散り、まゆみの白い顔が岬の股間に伏せられ、男性自身に寄せられる。

肉厚の、ふっくらとした唇が、何かを呪《のろ》うように、岬の王冠部に野性的に、被《かぶ》せられてきた。

岬は、何とはなしに眼を閉じた。

切ない思いが、しないでもなかった。

(不倫の女、まゆみに同情することはない。おれは、セクスターに徹することだ)

まゆみはどんどん、自分を淫《みだ》らな牝獣に、追い込んでいってるようであった。

自分自身に、復讐《ふくしゅう》しているようであった。

多津原文平に、復讐しているようだった。

岬のものを、深く含んで吸う。

吸ったり、舐《な》めあげたりする。

含んだまま、顔を上下にスライドさせた。

なるほど、うまい、と岬は思った。

肉の環《わ》でしごく感じであった。

セクターとしての立場で考えると、こういうことは、あの誇り高い人妻、絵津子は決して、やりはしないだろう。文平はもしかしたら、まゆみのこういう自由奔放で、ふしだらで野性的なところに、魅《ひ》かれているのだろうか。

うずくまって奉仕するまゆみの、悩ましい臀部から背中にかけての眺めを見ているうち、岬はもう、ある種のいとおしさにかられ、たまらなくなっていた。

「おいで。仕上げをしようよ」

まゆみを抱き起こし、口吸いにいった。

激しく接吻をしながら、押し倒した。

まゆみは白い双脚をひらめかせて、迎える姿勢をとった。粘り強い潤みが肉襞《にくひだ》と肉襞のあいだに広がっていた。そこに黒光りする雄渾なテスト棒をあてがい、押し込んでいった。

「あっあーっ」

まゆみは裸身をうねらせた。

岬の抽送がすすむうち、まゆみは岬の太腿《ふともも》に双脚をからめつけてきた。

そうやると、もうどうにでもなれ、という情況から一歩すすんで、もう文平のことなどどうでもいい、このひとときを思いっきり楽しんでやれ、という具合に思えた。

実際、牝カマキリが男を吸い尽くす、という姿勢になった。巻きついた双脚に力を入れ

て腰を押しつけ、根元まで没入したものを味わいながら、

「あっ……あーっ……」

と、生臭い声をたえまなく洩らしたのだ。

そういう声がだんだん高まるにつれ、

（おや……）

と、岬はある微妙な味わいを発見した。

岬のテスト棒の先に、コツンと、微妙なあたりがあった。はて、何だろう、と思っているうちに、コツン、とあたったものは、コツン、ぐるぐるっと軟体動物のように、うねりかえってくるのだった。

（なるほど、子宮底がふつう以上に、押しだしてきて、男根と空中戦をやっているのだ）

岬は結ばれたままの女体の奥で、うねっている軟体動物のようなものに、野太いテスト棒の先端をつよく押しつけてみた。

こつん、ぐるぐるッと、うねくって、

「あッ――。あああっ――」

まゆみは狂おしくのけぞるのだった。

（なるほど、これだったのか。文平はこのうねくる感触が忘れられず、まゆみに引きずら

れているのかもしれない)
岬がそう判断している間にも、まゆみは一気に、昇りはじめていた。岬はあわや抜けそうになる寸前まで引いておいて、それから、腰を叩《たた》きつけるように、一気にぶつけた。
根元まで没入したのである。
まゆみはもう爆発寸前になっていた。

と、その瞬間であった。

背後で突然、男の怒声が湧いた。

「まゆみ……まゆみ……! おまえはおれの留守中に……」

それと重なって、女の悲鳴が響いた。

「まあ、あなたったら! 見苦しいことは、おやめなさいッ」

——岬がびっくりして振りむくと、寝室のドアが音もなく開けられており、そこに汗まみれの異様な顔をした中年男が、ゴルフクラブを振りあげて、ベッドの上の岬とまゆみのほうに殴りかかろうとしており、それを後ろの女が、必死で引きとめようとしているのであった。

女は、なんと……多津原絵津子であった。

とすると、ゴルフクラブを振りあげている男がどうやら、多津原文平であるらしかった。

まゆみもそれに気づいて、キャーッ！　と悲鳴をあげて、岬から飛び離れようとした。

しかし、岬のものはまだ深々と挿入されたままだったし、岬は逆に、ゴルフクラブからまゆみをかばうように、しっかり覆いかぶさって抱きしめたままだったので、まゆみだけが一人、ベッドから飛び降りて身を隠すということはできなかった。

「おのれッ……おのれッ……まゆみッ――」

文平は、怒り狂っているようであった。

「まあ、あなたったら！　みっともないことはやめなさいッ」

絵津子に引きとめられ、そのうえそこに、貴堂舞子までが現われ、文平の前に立ちはだかっている。

（いったいこれは、どういう局面なんだろう）

岬には何一つ知らされていない局面であった。

すると、貴堂舞子が、

「いかが？　課長さん。もうそろそろ、眼を覚ましませんか？」

そう言っている。

絵津子までが、それにかぶせて、

「あなた、いかが？　まだ眼が覚めませんの？　この女の正体、わかったでしょ？　あなたのいないちょっとした隙《すき》に、もうこんな若い男をひきずりこんでいるじゃありませんか」

「まゆみ……まゆみ……きみは……」

多津原文平の声は、怒りを通りこして、失神しそうな声になっていた。

「ぼくがちょっと留守をする間に、もう間男を引き入れるような女だったのか！　きみという女は！」

——その一幕の修羅場が演じられたことで、その後、多津原文平とまゆみが、どのような不倫の結末を迎えたかは、想像できるだろう。そう、文平はまゆみに怒り狂って、家庭に戻ったたし、まゆみは会社を休んでしばらくの間、酒ばかり飲んでいたようである。

だから、その限りにおいては、多津原絵津子にとっては、万々歳という結果であろう。

しかし、気持ちが収まらないのは、岬慎吾である。

岬としては、なんとなく、絵津子という人妻に、上手にのせられて、利用されて、裏切られたような気がしてならなかった。

夫の愛人に、もしセックスのうえでも、女としての魅力が最高度にあるのなら、それを調べてもらって、自分も努力して、夫の愛を取り戻したい、というのがそもそも、絵津子の協力依頼であったはずである。岬がセクスターになる役目を果たしていたのも、そのためだったはずであった。

それなのに、岬とまゆみが同衾《どうきん》している現場に、夫と一緒に踏み込んで、その愛人の「不実」を目撃させ、夫をその愛人から引き離そうというのなら、なんのことはない、ただの「逆美人局《ぎやくつつもたせ》」の陰謀であり、泥臭い。岬はその猿芝居に利用されただけであるにすぎない。

その点が、岬の気分おだやかでないところであり、きわめて不愉快で、腹立たしいのであった。そのうえ、院長の貴堂舞子までがその計画に加担していたのである。

もっとも、舞子としては、クリニックに相談に来た患者が、夫との平和な生活を取り戻し、大いなる悩みの根元を解決したとすれば、それはそれで、カウンセリング業は成功したわけであって、気持ちが休まったかもしれない。

ところが、なんとなく釈然としないな、と思っていた岬の予想どおり、これには後日談があったのである。

というのも、多津原文平が妻を顧みず、岡田まゆみにのめりこんでいたのは、絵津子の不妊症のせいでも、まゆみの「膣うねくり」のせいでもない。実は、ある「秘密」をまゆみに握られていて、なかば脅迫されながら、マンションを買い与えたり、保護者的愛人関係を、結んでいたりしていたそうである。

その秘密というのは、交通事故であった。三年前のある日、板橋の工場から製品サンプルを新宿の本社へ運んでいる途中、多津原文平は、雨の環状八号線で一人の老人を撥《は》ねてしまったらしい。ちょうど、助手席に同乗していたのが部下の岡田まゆみであった。あたりはどしゃ降りの夕方で、薄暗く通行人も目撃者もいなかったので、多津原文平はそのまま老人を助けもせずに突っ走り、まゆみにも口封じをしていたらしかった。

それが、二人のなれそめだった。月日が経《た》つにつれて、その轢《ひ》き逃げを知っていながら警察に届けなかったという点で、まゆみにも刑事責任がともなうという状況が訪れ、二人はいわば、「運命共同体」のような絆《きずな》で結ばれ、いささか常軌を逸した愛欲生活を繰り返していたらしいのである。

多津原文平のその犯罪が発覚したのは、岬慎吾が青葉メゾンでまゆみと寝てから一週間後である。

多津原文平に裏切られ、部屋にも来なくなった文平を恨んで、岡田まゆみが酒の勢いを借りて近くの交番に駆け込み、三年前の轢き逃げのことを、警察に自首して出たからである。

多津原文平は、業務上過失致死罪で、岡田まゆみは同隠匿幇助《ほうじょ》罪で、二人とも逮捕され、送検された。それを報じた週刊誌の記事から顔をあげ、

「ふーん。しかし……これじゃ、とんだ藪蛇《やぶへび》でしたね。あの青葉台の人妻、絵津子は、今頃、自分の仕打ちが裏目に出て、がっくりしているんじゃありませんかね？」

金曜日の昼下がりのクリニックは暇で、貴堂舞子と岬慎吾はそんな世間話をしていた。

すると、舞子が、どうも違うようね、と言った。

「彼女は今頃、晴れ晴れとした最高にハッピーな気分でいるわよ、きっと」

「へえー？　どうして？」

岬には、さっぱり要領を得ない。

「それがどうも……、私も一杯、くわされたようだけど、あのあと、私が秘《ひそ》かに調べたところ、絵津子は以前から家裁に離婚調停を申請していたらしいの。ところが、文平のほうにはその気がないし、社内情事くらいでいちいち離婚ということになると、世の中の安寧秩序が保てないと家裁が判断したかどうか、調停は不成立だったみたい。でも、今度の轢き逃げが発覚して、業務上過失致死が確定すると、そういう殺人行為を三年間も妻に隠して生活していた反社会的な人間、ということになって、絵津子が申請していた離婚は、まるまる、絵津子有利のうちに、成立するわね」

「なるほど……」

岬はそこではじめて、絵津子の意図がわかって、ガーンと頭をハンマーで殴られたような気がしていた。

「そうすると……絵津子には、文平が彼女のために名義換えをしていた横浜の家や練馬の多津原家の土地など、莫大《ばくだい》な財産がまるまる転がりこむわけですか……」

「そうね。そのうえ、あの女っぷりだから、きっと若い愛人でも隠していたかもしれない。その男とも結婚ができる。今度の一連の仕掛けの最後の勝利者は、絵津子よ、きっと」

「チッキショー！　それじゃぼくたち、最初っから乗せられていたんじゃありませんか。虫も殺さない、貞淑そうな顔をしていたくせに！」

岬慎吾が、くそいまいましそうに叫んだ時、舞子は軽く腕組みをして、外を見ていた。舗道には、夕方の退社時間のＯＬのハイヒールの音や、サラリーマンの靴音が響いていた。

乗せられたかもしれないけど、あの情況でみる限り、絵津子には絵津子なりに、夫に裏切られた女として、それ以後の人生を再構築するため、自分の幸福を追求する権利があったわけだ、と舞子は考えていた。

男と女の、果てしない愛や不信や争いや、セックスの悶着《もんちやく》につきあってゆくのが、舞子の仕事であり、カウンセリングの仕事なら、これもまた、カルテに残す一つの「事件の赤い華」であったわけだ、と舞子はそう思うのだった。

第三章　暗闇坂の殺人

1

熟睡したあとの目覚めは、心地よかった。

日曜日の朝だった。カーテンの打ちあわせの隙間《すきま》から洩《も》れる四月の光が眩《まぶ》しかった。

貴堂舞子はベッドから起きあがってスリッパを突っかけ、窓辺に歩いてカーテンをあけた。

バルコニーは濡《ぬ》れていた。

こまやかな春の雨が、外に降っているのだ。

六本木の街はその雨にひっそりと濡れている。

舞子は両手で髪をうなじに搔《か》きあげ、背伸びをした。

そのまま床に爪先《つまさき》だって、くるっと一回転すると、バレエをやっていた高校時代のように、若返ったような気がした。

ケトルをレンジにかけ、スイッチをオンにした。

湯が沸く間、舞子は浴室で顔を洗った。

（今日は日曜日で仕事はないし……一週間分の録《と》り置きビデオでもセットして、カウチ・ポテトでも決めこもうかしら……）

舞子がリビングに戻ってきた時、タイミングよく表のチャイムが鳴り響いた。

ドアをあけると、

「センセー、大変……！」

駆けこんできたのは、友野照美であった。

クリニックでいつも受付をやってもらっている可愛《かわい》い助手である。

「どうしたの？　朝っぱらから」

「麻布の河合さんちにゆうべ、強盗が入ったんですって！」

「強盗が……？　まあ」

舞子はびっくりし、「で、智津子さんたちは、無事だったの？」

「それが」

照美はばかに言い淀《よど》んでいる。「ひどいありさまだったらしいんです」

「ひどいって……はっきりおっしゃいよ」

舞子は言いかけて、ケトルをレンジにかけたままにしていたことを思いだした。湯は沸騰していた。あわててダイニングに走って、スイッチをオフにしながら、

「とにかくはいんなさい。報告というものは、落ち着いてするものよ」

舞子はケトルを持った。ティーバッグを入れた二つのカップに湯をひたし、その中に自分の分だけやや濃い目のブランデーをしたたらせた。

「はい、お茶ができたわ。河合さんち、まさか強盗殺人事件が発生した、というわけじゃないでしょうね?」

助手の友野照美がカップを受け取って、リビングの手近の椅子《いす》に座った。

「殺人、というわけではありませんが、ほぼ、それに似た情況なんですって。智津子さんはその強盗にレイプされて、放心状態。ご主人の徳次郎さんは強盗に抵抗しているうち、狭心症の発作を起こして、ぽっくりあの世ゆき。それで今、ご近所で、大騒ぎになってるところよ」

なるほど、大騒ぎにもなるだろう。

河合徳次郎というのは、麻布界隈《かいわい》きっての大富豪である。その家で起きた強盗侵入、人

妻レイプ事件といえば、スキャンダルにはもってこいである。

舞子たちにとっては、しかもただそれだけにはとどまらない。レイプされた、河合智津子というのは、舞子の患者であった。二十九歳の美貌《びぼう》の女であった。

智津子は七十八歳の高齢の大富豪を夫にもって、物質的には何不自由ない暮らしだったが、ただ一つ、夜の生活のほうに悶々《もんもん》とした悩みを抱えていたようで、貴堂舞子が虎ノ門に開いたセックス・クリニックに秘《ひそ》かに通って、もろもろのカウンセリングを受けていたのである。

その智津子がレイプされ、心臓病持ちの老富豪が狭心症の発作を起こして倒れた――となると、河合家はさぞ悪魔に魅入られた土曜の夜でもあったのだろうか。

「で、犯人は捕まったの？」

舞子がききかけた時、リビングのテーブルの上で電話が鳴りはじめていた。

（――もしや？）

なんとはなしに、そんな予感がした。

舞子は受話器を取りあげた。

「はい、貴堂ですが」

「ぼく、麻布署の宮本ですが」

（あーら、やっぱり！）

と、思いながら、声だけは、

「お久しぶり。いつも強面《こわもて》の麻布署の刑事さんが、朝っぱらから、何か？」

舞子は、そう訊《たず》ねた。

「ええ。ちょっと、センセーに来てもらいたいことが起きたんです。お時間はとらせません。お車をまわしますが、いかがでしょう？」

以前、目黒の柿ノ木坂署にいた宮本錬四郎が麻布署に転任してから一年が経《た》つ。転任挨《あい》拶《さつ》のあとも時々、事件のことで相談を受けたりしていた。

「今度は、どちらへ？」

「近くの……暗闇坂《くらやみざか》です」

予感は狂わなかった。

「暗闇坂というと……河合徳次郎さんのお宅ですね？」

「はい。ご存知だったんですか」

「私はいつも、地獄耳よ。だってあそこの奥さん、私の患者ですもの。警察のお車はいいわ、あと三十分ばかりしたら、そちらへ参ります」

受話器を置くと、舞子は助手のほうをむき、

「さあ、忙しくなったわ。照美ちゃん、車は？」

「フェアレディを表に駐《と》めています」

「そう。助かったわ。お紅茶にブランデーを入れすぎちゃったので、飲酒運転するわけにはゆかないでしょ」

「じゃ、早速……行くんですか？」

「トーゼン。私がお化粧をする間、お洋服と靴をだしといて。それから、車は照美ちゃんに運転してもらうわね」

2

三十分後、車は走りだした。

照美の運転するフェアレディは、やや年式は古いが、鮮やかな真紅に塗りたくってカーワックスで手入れをしているので、いつも新車のようにぴかぴかに輝いている。

舞子の住む六本木マンションから、暗闇坂まではロアビルの先を右折し、鳥居坂をスイスイ、下ってゆけばよい。

貴堂舞子は、警察の鑑識でも司法医というわけでもない。だが、自分の患者が拘《かか》わった事件とあっては、捨ててはおけない性分だ。これまでもたびたび警視庁捜査一課の神谷豪や、麻布署の宮本錬四郎らに頼まれて、殺人事件の捜査に協力したことがあるのであった。自然、女探偵という様相を帯びる。

今日もどうやら、そんな感じだった。

(レイプされた河合智津子、大丈夫だったのかしら……?)

舞子は小雨に煙る六本木の街を眺めながら河合家のことを思った。

河合家は、先祖代々の麻布の大地主であった。麻布十番から鳥居坂、暗闇坂にかけて、幾つものビルを持つ土地成金であった。

ゆうべ、亡くなったというから、もう当主とは呼べないが、ゆうべまではたしかに当主であった河合徳次郎は、「鳥居坂ビルドシステム社」というビル会社の社長であった。

あたりには高層ビルが林立しはじめているのに、それに背をむけるように、古い二階家の河合家が鬱蒼《うっそう》と木々を生い茂らせた、広い庭の奥まったところにあるのは、なんとも不調和であり、贅沢《ぜいたく》といえた。

でも、今日はその表は人だかりだった。舞子は群衆の手前で車を停《と》めさせ、

「ごめんなさい、ごめんなさーい」

人混《ひとご》みを分けて入った。

庭にはロープが張られ、現場保存の制服警官がいかめしい顔で張り番をしていた。

「あなたは？」

「麻布署の宮本さんから呼ばれた者よ。貴堂舞子と申します。伝えて下さる？」

宮本に伝えるまでもなく、張り番にも通じていたらしく、警官は挙手をした。

「ご苦労さまです。どうぞ」

舞子は玄関の中に入った。

家の中は意外にひっそりしていた。表の人だかりが凄《すご》かっただけに、屋内の静けさは異様なくらいだった。

狭心症で倒れたという徳次郎の遺体は、すでに現場から運びだされているらしい。強盗に押し入られての変死、ということになるので、警察では一応、殺人かどうか見究めるために、司法解剖でもするのかもしれない。

突きあたりの廊下に、宮本錬四郎が立っていた。白い手袋をはめた両手は清潔そうで、若々しそうだが、実は……あまり風采《ふうさい》のあがらない四十男であった。

「早速来ていただいて、すみません。どうも私は、女性の参考人を扱うのが大変苦手でしてね」

宮本の話によると、肝心の被害者の河合智津子から事情聴取をしようにも、彼女は奥の部屋に引きこもって泣いてばかりいて、鍵《かぎ》をかけて一歩も出てこないので、警察では手をやいているのだという。

「加害者なら、むろん警察も容赦しません。でも強盗レイプ事件の被害者ですからね。そう強引な聴取もできません。しかし、強盗に押し入られた時の模様や、被害の実情を早く私たちは知りたい。扉《ドア》越しに何度も交渉したんですが、出てきません。事情聴取に応じる条件として、貴堂先生を呼んでくれ、ということでしたので、朝っぱらから電話をした次第です」

なるほど、舞子が電話で呼ばれたのは、宮本の発案というよりは、智津子自身のたっての希望だったらしい。

たしかに、レイプされた女性は、特にその直後は感情の起伏が激しく、収拾つかないほど怒りや落ち込みや屈辱にかられていて、武骨な刑事を相手に、冷静に襲われた時の情況を説明できるような心理ではない。

かたや警察は、初動捜査を急いでいる。

一刻も早く逃亡した犯人を追いたいのだ。事情聴取のためにも、双方に顔のきくドクター舞子は、適役であった。

舞子がその部屋に入ると、

「センセーッ、私、口惜《くや》しいッ」

智津子が激しく抱きついてきて、泣きくずれてしまった。

「あらあら、せっかくの美人さんが、台なしじゃないの」

河合夫人といっても後妻なので、舞子と同じくらい。ファッションモデルあがりで、いつも胸を張って颯爽《さっそう》としているのだが、今は泣き虫。いや号泣といっていい。

舞子は抱きとめて、その肩をさすってやりながら、

「お気持ち、わかるわ。でも泣いてばかりいては、情況がわかりません。警察は早く犯人を追いたいのよ。ゆうべの情況を落ち着いて、私に説明してごらんなさい」

慰め、なだめ、励ましたりしながら、舞子がやっと聞きだした情況は次のようになる。


――ゆうべ午前二時ごろだった。

智津子は夫の徳次郎とともに、一階奥の寝室に寝ていた。家も戸締まりをして鍵をかけていたので、その強盗がどこから押し込んできたかは、わからなかった。智津子が眼を覚ましたのは、夫の徳次郎の怒鳴り声と、枕許《まくらもと》の水差しのガラスが壁にあたって割れる物音によってである。

部屋はスタンドの明かりだけで薄暗かった。夫婦の寝床はベッドではなく、ふとんであ

る。その枕許に刃物を持った男がぬうっと立っていて、徳次郎に何やら命令していた。

「貴様ッ、強盗かッ」

徳次郎がやり返していた。

徳次郎は水差しや灰皿を投げつけていたようである。押し込みは一人だった。ストッキングで覆面をしていたので、顔はよくわからなかった。刃物を徳次郎にむけて、金庫のダイヤルをあけろと、命じているようだった。

金庫には幾つもの貸しビルの権利証や有価証券などが入っていた。徳次郎が生命よりも大切にしていたものだった。金ならだすから、金庫だけは勘弁してくれ、と徳次郎は後退《あとずさ》りながら、哀願していた。

「はした金じゃだめだ、ダイヤルを回せ！」

強盗の、そんな声がきこえた。

智津子はふとんから逃れようとしても、恐怖で身体《からだ》が強《こわ》ばり、がたがた震えて、悲鳴さえもあげられなかった。

そうこうするうちに、強盗は徳次郎を寝室の片隅にある金庫の前に引きずっていった。

徳次郎は拒否した。ぶん殴られて、徳次郎は転がった。その隙に智津子はやっと這《は》いずるようにふとんを出て、一一〇番するために電話のほうに走ろうとした。

しかしその時、後ろから強盗によって手を摑《つか》まれ、引きずり倒された。

「ばかッ」

強盗の声がきこえた。

「電話なんか、させはしねえぞ！」

覆面なので、くぐもった声だった。

智津子は手を摑まれ、ふとんのほうに引きずられた拍子に、ひっと悲鳴をあげてのけぞった。そのはずみに、ガウンの前が大きくはだけた。

強盗の眼がそこに動いた。動いて、吸いつけられた。智津子はふとんから這いだす時、ガウンを肩に羽織っただけだったので、ほとんど全裸に近い。同衾《どうきん》中、徳次郎は智津子の若い肌を舐《な》めまわすために、パンティもブラも、スリップも、下着というものを一切、身につけさせはしない習慣だったのである。

それが、この時は裏目に出た。智津子の股間《こかん》の光景が、強盗の目を刺激した。全裸の女を犯すほど楽なことはない。しかも男は刃物を持っているのだ。

男はやがて躍りかかった。

「——徳次郎さんよ。あんたがダイヤル錠をあけないなら、あけないでいい。あけるまでおれはこの女を抱く」

それでも智津子は抵抗した。しかし両下肢を割られ、股間に位置をとられて首を絞められ、刃物を顔に突きつけられると、誰だって、生命をとるか、屈辱をとるかの二者択一を迫られる。

「殺されたいか」

男は刃物を首筋にあてて、そう脅かすのであった。

「いやです。許して下さいッ」

「じゃ、金庫をあけさせろ」

「あなた、お願い――」

徳次郎のほうを見たが、徳次郎は男に押さえられた智津子を見て、驚愕と屈辱のために、ぶるぶると慄《ふる》え、口もきけないありさまであった。

あるいは腰を抜かして、動けなかったのかもしれない。それを見て強盗はますます勝ち誇り、

「それみろ、あんたのご亭主は、あんたの身体がどうなろうと、金庫は絶対にあけないと言ってるぞ。ふん、守銭奴《しゅせんど》め！　まずあんたの身体を頂こう。諦《あきら》めるんだな」

刃物が眼の前で揺れていた。

諦めるしかないと思った。

男は腰をすすめてきた。

ああっと、智津子はのけぞった。

のけぞって、屈辱に耐えるしかなかった。

（良子……良子……早く警察に……）

心の中で、お手伝いの名前を呼んで、必死で危難を伝えようとしたが、頭はかっと焔《ほのお》を呑《の》んだように過熱して、喉《のど》がぜいぜいいうばかりで、満足に叫び声すらあげられなかった。

情況は、そういう具合であった。

「で……とうとう」

「ええ……」

智津子は眼尻《めじり》の涙を拭《ぬぐ》い、「センセー、私、口惜しい！　私を踏みにじったあの強盗を捕まえて下さい！」

「はいはい、警察のお尻を叩《たた》いておきます。で、あなたが犯されている時、ご主人は？」

「畳を這って、なんとか私を助けようと……私の傍まで来ようとしていたようです。でも……でも……腰が動かなかったらしく、途中から声がとぎれてしまって……」

たぶん、徳次郎はその時、愛する若妻が犯されるのを見て、気もふれんばかりの怒りに駆られ、狭心症の発作にでも見舞われたのではあるまいか。

貴堂舞子は、そう考えた。

「それで、結局、男はあなたを泥だらけにしたあと、金庫をあけて、中のものを奪っていったのね？」

「いいえ、電子ロックとダイヤル式を組み合わせたその金庫は、他人には絶対にあけられません。男は……男は私を犯している途中、部屋の入り口で叫び声をきいて、家人に発見されたと思い、あわてて寝室にあった主人の手提《てさ》げ鞄《かばん》を奪って、逃走したんです」

「その叫び声というのは？」

「お手伝いの、良子です。二階に寝ている良子が、やっと階下の異変に気づいて……降りてきたらしいんです。警察に通報してくれたのも、良子なんです」

「そう。大変だったわね」

舞子は慰め、さらにきいた。

「男の人相、風体は？」

「顔はストッキングとサングラスで隠していましたので、よくわかりませんでした。中肉中背で、年齢は三十歳前後の感じだったでしょうか。ジャンパーを着ていて、登山ナイフらしいものを手にしていましたが……それ以上は……何が何だか……」

――智津子からやっと聞きだせたのは、そこまでだった。

「や、ありがとうございました」

宮本錬四郎は、いたく恐縮していた。

舞子から報告をきいた時である。

そこは河合家の応接室。警察はむろん、本格的な事情聴取と被害届の受理は、智津子を署に呼んでやるだろうが、当座の処理と情況認識は、舞子の報告でほぼ、間にあったわけである。

「おかげで、助かりました。お手伝いの話とすべての面で一致しています。早速――」

宮本は捜査を指揮するためにすぐに立ちあがったが、ちょっとお待ち下さい、と舞子は呼びとめた。

「入りのほうはわかりましたか？」

入り、というのは、強盗の侵入経路のことである。

「ええ。台所のガラス戸が、鍵の部分だけ丸くガラス切りでくり抜かれているのが発見されました。恐らく、賊はそこから手を入れてサッシの鍵をあけ、侵入したものと思えます」

「薬は?」

「え?」

「現場のことです。狭心症のお年寄りなら、たいてい発作に備えて、いつも身につけている薬の一つや二つ、あったはずですよね。寝室にはそういう類《たぐ》いのもの、ありました?」

「さあ、そこまでは気づきませんでしたが……私が見た限り、なかったようですね」

「変ね。まあ、いいわ。ご主人の遺体は?」

「目黒の警察指定医に運んでおります。一応、司法解剖をしようと思いましてね」

宮本はそう言い、「犯人の人相等について、奥さんはどう言ってました?」

「はい。身長は一メートル六十五センチぐらい。中肉中背。年齢は三十歳くらいで、革ジャンパーのワセリンの匂《にお》いをぷんぷんさせていたそうです。河合家に恨みを持つ者、あるいは河合家の内情に詳しい人間の仕業ではないか、と智津子さんは言っております。そのへんは、気持ちが落ち着いたら、本人から詳しくきいてみて下さい」

「わかりました。や、いろいろどうも——」

宮本は白い手袋をはめた右手で、型どおりの挙手をした。

3

事件から三日経った。

舞子はなんとなく気持ちが落ち着かなかった。

虎ノ門のクリニックで仕事をしながらも、河合智津子のことが気にかかった。

それというのも、智津子は夫の急死により、何百億という莫大《ばくだい》な遺産を、一人で受けることになったからである。

しかも、暗闇坂の家でお手伝いさんと二人暮らし。申し分のない美貌《びぼう》と若さ。未亡人という立場……どう考えても、何やら危うげな匂いがのぼりたつし、現に彼女はレイプされており、犯人は逃亡している。その犯人は押し入った際、金庫の中の狙《ねら》ったものを取ってはいないし、万一、怨恨《えんこん》がらみだとすれば、今度ははっきりと智津子を狙って、露骨な野心を現わしてくるのではないか。

犯人として一番、考えられるのは、徳次郎の不動産取引がらみの怨恨である。徳次郎は貸しビル経営だけでなく、裏では金融業もやっていたらしく、借金のかたに巻きあげたビルや土地もあるらしく、相当、人に恨まれていたという噂《うわさ》をきいたこともあった。

そういう人間が仕返しにきたとすれば、一番ぴったり当てはまる。金庫をあけさせようとしたのも、借金の証文か、その権利証か何かを取り戻そうとしていたのかもしれない。

そう考えると、智津子は危ない。

犯人はまだ目的を達していないのだ。

智津子が狙われる公算が大きかった。

(彼女を放っといていいのかしら……?)

舞子がそんなことを心配している時、その当の智津子から電話が入った。レイプ後遺症と不眠症の悩みを彼女は訴え、

「センセー、私、眠れません。ゆうべから、変な脅迫電話が入るようになったんです。男の声で……声の感じからどうも、あの晩の犯人ではないかという気がするんですが……私、恐《こわ》くって、眠れないんです」

「どういう脅迫電話……?」

智津子は説明した。男は、

——おまえの味を忘れはしない。一週間以内に手持ち物件を一つ処分して三億円、用意しておけ。渡さなければ、レイプ写真を街にばらまき、おまえが二度と麻布界隈を歩けないようにしてやる……。

そういうことを言ってくるのだという。

はて、と舞子は思った。

智津子はレイプ写真など撮られていたかしら……？

聞くと智津子は、

「私には記憶がございません。でも犯人は電話で、そう言うんです」

もし犯人がレイプ写真を持っているとしたら、共犯がいたことになる……。

「警察には？」

「まだ話していません。話すと殺す、と脅迫されています」

「そう、犯人を刺激しないためにも当分、言わないほうがいいかもしれないわね。わかったわ。当座のガード役に、うちの岬くんにそれとなく、住み込んでもらうことにしましょうか」

岬というのは、舞子の助手で、男性セラピストの岬慎吾である。なかなかのハンサム青年で、人妻や熟女の患者たちに大変人気があり、そのうえ、カンフーの達人なので、〈用心棒〉にはうってつけである。

舞子の提案に、智津子はひどく喜び、

「お願いします。そういうかたに来ていただけると、心強いんです。こういう時はやはり家に誰か男の人が住んでいないと……」

智津子は電話のむこうで、〃地獄に仏〃という顔をしていたようであった。

ともかく、犯人から脅迫電話がきはじめたというから、智津子の身辺をそれとなく守ってやるのも、舞子たちの務めである。

受話器を置いて、舞子は岬を呼んだ。

「岬くん、ちょっと――」

白衣姿の岬慎吾は、用件を聞き終わると、

「いいですよ。用心棒の仕事なら慣れています」

「じゃあ頼むわね。今夜からでもお願いしたいの。勤務後、河合家に直行してちょうだい。こういう場合、用心棒が即、張り込みになるので、案外、犯人をたぐり寄せることができるかもしれない。事件を解決する良いチャンスになるかもしれないわ」

舞子としては、それが本当の狙いであった。


その午後、麻布署の宮本錬四郎から電話がかかってきた。宮本は智津子について、若干、尋ねたいことがあるので、お会いしたい、と言った。

舞子もその後の捜査状況を知りたかったので、会うことになった。夕方の六時、約束の時間に六本木の「貴奈」という広い喫茶店に着くと、宮本は若い刑事と二人連れで待っていた。

「犯人の手掛かりは、得られましたか？」

舞子はまっ先にきいた。

「それが……まだ何一つ――」

宮本は頭を掻《か》いた。

「司法解剖の結果は？」

「徳次郎氏の遺体には、どこにも外傷や、絞殺されたような鬱血《うっけつ》部は発見されず、他殺ではありませんでした。心臓冠動脈の急激な収縮――つまりは、狭心症の発作によるショック死ということで、いわば病死ということになります」

「じゃあ、強盗殺人、という犯罪は構成されないわけですか？」

「はい。あれを殺人、とするには難しい。しかし強盗《タタキ》とレイプの事実は残ります。その線で今、付近の不審者や流しの強盗常習犯、河合家に怨恨を持つ者の有無などを、捜査しております」

宮本はそう説明した。

舞子は怪訝《けげん》な気がした。

何百億円という巨額の財産を持つ一人の大富豪が、あのような異常な場面で急死したというのに、それが殺人ではなくて、ただのタタキだという。もし犯人が捕まっても、強盗殺人よりは、ずっと罪が軽いわけだ。それにレイプのほうは、親告罪なので、智津子本人が告訴したくないというふうに考えが変われば、まるで犯罪は成立しないのであった。

（すると……手提げ鞄一つか……）

それを盗《と》っただけの罪ということになる。

（何だか……変だわ）

釈然としないものが残った。

その耳に、宮本の声が響いた。

「被害者の智津子さんですが、そもそも彼女はどういう理由で、先生のクリニックに通ってらっしゃったんでしょう？」

そんな思いがけないことを聞いてきた。

「どうしてそんなこと、お聞きになるの？」

「ご参考までに」

「若い男性刑事さんの前では、とても説明しにくいことですわ」

舞子は宮本の横に座っている若い、警察学校出たてのような印象の、ハンサム刑事の存在が何となく面映《おもは》ゆかったのである。

「野崎といいますが、こいつは若いようでも、妻帯者ですから大丈夫です。もし患者の秘密にかかわることでなければ、教えて下さい」

「そうね。秘密というほど、大袈裟《おおげさ》なものではないし……何かのお役に立つのでしたら」

舞子はほんの少し、説明した。

智津子の相談というのは、いってみればありふれた相談だった。五十歳も年齢の違う夫婦の間に起きがちな、ごく当然の悩みだった。夫は高齢で性不能である。ところが智津子は女盛りで欲求が強い。恥ずかしい話だが、つい、性具などを使ってオナニーに耽《ふけ》る癖がついて困っている。それを治すにはどうすればいいのか。

さらに欲求不満を解消するにはどうすればいいのか。夫は不能ながらも、執拗《しつよう》な相互愛撫《あいぶ》を求めてくる。そういうお年寄りを性的に満足させるにはどういう方法があるのか——などなど、老富豪を夫に持つ若妻の「複合的悩み」であり、それに対して舞子がもろもろの解決策を、コンサルティングしていたところである。

「なるほど——」

宮本がもっともらしい顔をして言った。

「不倫とか、男性関係の悩みというものでは、なかったのですか？」

「そうね、このままでは浮気をしそうなので、自分が恐い、とは話していましたが、具体的な男性関係のことは聞いていません」

宮本はどうやら、智津子の男性関係の有無を探りにきたようであった。舞子も実はその点が一番、気がかりだったので、ドキンとしたくらいである。

「智津子さんに何か……不審な点でも？」

「いいえ。犯人を追うにしろ、怨恨説を洗うにしろ、彼女の身辺の人間関係をまず、しっかり摑むことが先決ですからね。もし、河合夫人に隠れた愛人でもいれば、事件をまったく別の観点から考え直さなければならない、とも思いましてね」

なるほど——舞子は宙に眼をむけた。

宮本はそこまで言って、あわてて口を閉ざした。余計なことを言いすぎたと思ったのだろう。

「いや、貴重なお時間を度々、割いていただいて、ありがとうございました」

宮本はもう立ちあがっていた。

4

「あらッ」

と舞子は振り返った。

銀座のデパートであった。

エスカレーターで五階売り場へ昇る途中、右手の四階紳士服売り場で、買い物をする河合智津子に似た女を、ちらっと見かけたのである。

エスカレーターはぐんぐん昇ってゆき、智津子らしい女の姿は、じきに見えなくなった。

舞子は気になり、あわてて下に降りようとしたが、エスカレーターは混んでいて、とても駆け降りてゆけるような情況ではなかった。

五階まで昇って、階段を大まわりした。

下りのエスカレーターで降りると、智津子らしい女に見つかるような気がしたからだ。

(見つかってはまずい。こっそり、観察してみよう……)

そんな思いがよぎった。というのも……智津子は何しろ、男連れだったのである。

アベックでネクタイの品定めをすることは、悪いことではない。でも彼女は今、夫の喪もあけていない未亡人である。男と連れだってネクタイを見つくろったりする眺めは、いささか刺激的ではないか。

紳士服売り場に戻った。

見つけることができた。

やはり、河合智津子に間違いなかった。

三十歳くらいの、妙に整った顔立ちの渋い長身の男に、今度はセーターを見つくろってやっているところらしかった。

舞子は観葉植物の陰からそれを眺めながら、どういうことだろう、と思案した。

どうみてもその二人、昨日今日の仲ではない。男はブルゾンにジーンズなので、サラリーマンというふうには見えない。金持ちの人妻と彼女が保護する愛人――。

としたら、舞子も今度の事件をまるっきりゼロから、考え直さなくてはならなくなる。

(そうだわ、ここはしっかり尾《つ》けてみて、男の正体を突きとめてみよう)

二十分後、二人はそのデパートを出た。

舞子もこっそりと、あとを追った。

二人はデパートの表で、行列を作っていたタクシーに乗った。舞子もあわてて、後続のタクシーをつかまえた。

「運転手さん。あのタクシーを尾行してちょうだい」

中年の運転手はびっくりしながらも、いやに張り切った声で、

「面白え。まかせといて下さい！」

タクシーは走りだした。

智津子たちを乗せた先行車は、銀座から日比谷通りに出て、そこから左折して芝のほうに走ってゆく。

運転手は上手に尾行した。車窓から射す明るい午後の陽射しを浴びながら、舞子は智津子にこっぴどく裏切られたのではないか、という考えに取り憑《つ》かれはじめていた。

事件からもう六日目になっている。犯人はまだ挙がってはいない。智津子にあのような愛人がいたことを前提にすれば、舞子としては何もかも、別の角度から事件を考え直さなければならないのである。

河合智津子は旧姓、森下智津子といった。通院中のカルテに記入しているので、その経歴は知っている。

名古屋の高校を出て上京。橘《たちばな》モデルクラブに所属し、ファッションモデルの道を歩みはじめたが、最初は必ずしも仕事は多くはなかった。アルバイトに六本木のクラブ「キャンデー・ガール」に勤めていた。その店に四年間も勤めていたので、もはやクラブのほう

が本職であり、時に座敷がかかった時にモデルのステージに立っていたようであった。河合徳次郎とは、そのクラブで知り合った。徳次郎は智津子の容貌や若さに惚《ほ》れこみ、莫大な財産をちらつかせ、強引に愛人、さらには自分の妻にしたもようである。とはいえ、その時、もう七十歳をすぎていたのだから、智津子としてもその結婚が、まともなものではないことはわかっていたはずである。健全な結婚生活ではなく、はっきり言って愛玩物《あいがんぶつ》として家に入ることを知ったうえで結婚したとするなら、彼女はもっと別のものを求めていたのではないか。

河合徳次郎は心臓の病気で、二年前から寝たり起きたりの毎日を送っていた。医師の診断は冠動脈の硬化による狭心症というものである。

仕事中や夫婦の寝室で、これまでも度々発作を起こしたことがあるらしい。そのために医師は、発作に備えて冠血管を拡張させるニトログリセリン錠を本人に与えており、本人はどこへ行くにも、それを生命の守り神のように大切にして手放さないほどであった。薬はそのほかにも、たくさん飲んでいた。血圧も高かったので、血圧降下剤も常備薬の中に入っていたようである。

七十八歳で、しかも狭心症の持病を持つ老人から、たとえばまず薬を取りあげる。あるいは、別のものにさしかえておく。血圧降下剤を、ただのビタミン剤にすりかえておくだけで、ものの半年ぐらいで、彼の血圧はかなり異常な危険値にまで、急上昇するのではあるまいか。

それはいわば、智津子がもし自分の手に入れたいものを手に入れるため、実行したかもしれない計画の、補助手段だ。

二つ目は徳次郎が狭心症の発作を起こしても、それを救うニトログリセリン錠が手許にはない状況を作っておく。取りあげておいてもいいし、あるいはこれもせいぜい、ビタミン剤的なものにすりかえておいてもいい。

そして最後に、三つ目の手段は、彼に瞬間的なショックを与えることである。突然の恐怖と衝撃を与える装置さえ用意すれば、ことさら刃物で刺したり、毒を盛らなくても狭心症持ちの老人なら、勝手に〈急死〉あるいは〈病死〉してくれるはずであった。

そうすればもう、智津子の天下である。数百億円の莫大な遺産は、あっという間に自分のものになる。

そしてその際の装置がつまり、強盗に押し入られたという情況ではなかったのか。さらに、徳次郎が愛していた自分が、その強盗に犯されるという場面ではなかったのか。

そうすれば、夜中に強盗に押し入られたというショックに加えて、若い妻がレイプされる屈辱と怒り。おまけに金庫の全財産まで奪われそうな心配——となれば、心臓が一気に躍りあがって、徳次郎はいちころであの世にゆくのではあるまいか。

こうして智津子の野心は完了する。

数百億円の遺産は、すべて自分のものになる。そうして、その装置を作る時の相棒——つまり強盗犯人役が、今、仲よくタクシーに乗っているあの男ではなかったのか？


タクシーは日比谷通りから芝公園の裏へまわり、桜田通りを目黒方向への道をとった。目黒駅の端をかすめて、権之助坂をくだり、呑川《のみかわ》の手前で路地を入った。停まったのは、一つの真新しいマンションの手前であった。

智津子も男も、タクシーから降りた。仲よくマンションのフロントに入ってゆく。

「運転手さん、ちょっと待ってて。すぐ戻るから」

舞子は急いで降りて、マンションに近づき、フロントを外から窺《うかが》った。男が「五〇一」号室のメールボックスから郵便物を抜きとって智津子を促し、エレベーターのほうに歩くのがちらっと見えた。

そこまで見届けると、もう大丈夫である。

タクシーに戻り、運転手にお金を払った。

「もういいんですかい？」

「ええ、ありがとう。おかげで助かったわ。これ、少ないけど……」

舞子は、協力してくれた運転手に心付けを渡した。

タクシーが走りすぎると、

（五〇一号か。さて、どうしよう）

舞子は近くの公衆電話に近づき、クリニックから照美を呼びだすことにした。尾行とか見張りには、必ず相棒が必要である。

照美はクリニックにいた。舞子が地理を説明すると、三十分もあれば行けるでしょう、と照美は引き受けてくれた。

照美が来る間、舞子は「目黒メゾン」というそのマンションのフロントに入り、メールボックスを見て、男の名前を確かめた。

五〇一号室の箱には、

――蛍田景介、
というネームカードがついていた。

何だか、芸名かペンネームのような気どった名前だ、という印象を受けた。

名前を憶《おぼ》えておいて、管理人室の窓をノックした。保険外交員のふりをして、蛍田という男についてさりげなく情報を得るつもりであった。

しかし、管理人は留守であった。

（仕方がないわ。あとで、照美に情報を仕入れてもらおう）

舞子は、フロントが見える斜め前の喫茶店に入った。そこは電話で、照美に指示した落ちあい場所でもあった。

三十分後、照美は愛車のフェアレディをぶっとばして、やってきた。

「いいこと。ここで見張ってて、ついでに管理人あたりにあたって、蛍田景介という五〇一号室の男のことを少しでも多く、聞きだしておいて」

「センセーは？」

「私はちょっと、先回り……」

「どこに？」

「決まってるでしょ。事件の原点」


暗闇坂の智津子の家は、春の夕暮れの風の中で、ひっそりしていた。庭の葉桜の色が濃くなりかけ、若葉の匂いも濃くなっている。

チャイムを押すと、玄関のドアがひらいて、お手伝いの良子が顔をだした。

「奥様はお買い物ですけど」

「ええ、いいのよ。良子さん、あなたにちょっと、お聞きしたいことがあるの」

「えッ……私に……？」

良子はびっくりしていた。

舞子に家の中に入り、応接間に入った。良子にもじもじしていたが、

「お茶はいいわ。ちょっと、そこに座って」

舞子は用件を述べた。それは、まだ女子高校を卒業して住み込んで間もない地方出身の十九歳の娘には、かなり、残酷で難しい質問であったかもしれない。しかし、それだけに、良子の警察への証言には、微妙なところで、遺漏《いろう》があったとも考えられるのである。

「事件当夜のことだけど、あなたが物音をきいて二階から駆けつけた時、奥さんの智津子さんは、まだその強盗に犯されていた、と警察に証言なさっていたわね。その時の智津子さんの表情や反応を思いだしてほしいんですけど、どんな具合でした？」

やはり、良子には生々しすぎて、残酷で難しい質問だったらしい。

彼女は顔を赤く染め、もじもじしていた。しかし舞子としては、セックス・カウンセラーとして、どうしてもそこに——つまり事件の原点、人間の原点にこだわりたかったのである。

なぜなら、表情や声の感じ一つにしても、本当に強盗に襲われて恐怖に凍りついている

場合と、あらかじめ、愛人と仕組んだ狂言レイプである場合、その様相や反応はずい分、違ってくる。少なくとも女の肉体は、たとえ芝居をしていてもほんの小さなところで嘘《うそ》がつけず、正直な反応を示す時があるのだ……。

良子はなおも、もじもじしながら、

「さあ……私……男女のセックスなどを目撃するのははじめてでしたから……ただ、奥さんが犯されているということがわかっただけで……何が何だか足が慄えてしまって……」

「大丈夫よ。私は女ですから、あなたが何を言おうと、少しも恥ずかしいことではないわ。それに、セックス・カウンセラーですから、何も隠すことはないのよ。あなたが見たこと、聞いたことを正直に話してほしいの」

舞子はそう念を押し、その時、智津子がレイプ犯に対して抵抗していたかどうか。どの程度の抵抗であったか。声をあげていたかどうか。もし声をあげていたとすれば、それはレイプ犯を呪《のろ》う罵《のの》りや怒りや助けを呼ぶ声であったか、それとも反対に、女としての生理的な反応を表わす声であったのか——。

「そういえば……」

良子は一層、顔を赤らめた。

「気づいたことがあるんでしょ。おっしゃいよ」

「耳に入った限りでは、甘えるような声だったような気がします。ああッ……とか、うぅッ……とか」

「それだけ？」

「困ります……私に、これ以上……恥ずかしいこと、言わせないで下さい」

「恥ずかしいことはないわ。あなたももう大人の仲間入りするところでしょ。私は真相を知りたいのよ」

良子はもじもじしたあと、

「——私、ビデオや少女雑誌でしか知りませんけど、エクスタシーの声というんでしょうか。……たぶん、あれがそうだと思いますけど……奥さんは、おしまいには、いいッ、とか、ゆくうッとか口ばしって、ずい分、取り乱していらっしゃいました」

5

夜に入って雨になった。

窓ガラスに、白い雨滴がしたたっていた。

霧も湧《わ》いている。舞子は自分の部屋の窓ガラスから、雨にけぶる六本木の夜景を見おろしながら、智津子からこっぴどく裏切られたような、辛《つら》い気分になっていた。

——もう、間違いないわ！

そう思うのである。

窓からくるっと振りむき、

「その蛍田景介という男は？」

照美に報告を促した。

照美はあのあと、目黒のマンションに張りついて、智津子が男の部屋から三時間も、出てこなかったこと。その時間の推移はまさに濃厚な情事に見合う時間だったことを確かめ、その間に、管理人から五〇一号室の蛍田のことをバッチリ、聞きだしてきたのである。

「ふつうなら、マンションの管理人は居住者のことを他人に教えてはくれません。でも、蛍田はテレビにもたまに出てくる新劇俳優だったから、むしろ自慢そうにぺらぺらと教えてくれたんです」

照美の報告によると、蛍田景介は六本木にある劇団「獅子座《しし》」の新劇俳優であるらしい。しかし、劇団公演では、収入はわずかしかない。ふだんは運転手、バーテン、舞台照明技師などをして食いつないでいる。いわば、定職はないに等しい。そういう立場にしては、あの目黒の億ションは、できすぎという印象をぬぐえない。

智津子とは、彼女が勤めていた「キャンデー・ガール」で、蛍田がバーテンをしていた頃に知り合ったらしい。これは照美が帰途、六本木のそのクラブで聞き込んできたことである。

言いかえれば、すでにその頃から結ばれていたとみることができる。愛人関係は、智津子は新劇俳優・蛍田景介に貢ぐために、あるいは蛍田との愛人関係を継続させるために、表むき、老い先短い河合徳次郎の「キャンデー・ガール」となり、結婚し、その莫大な財産を狙ったのではないだろうか。

「岬くん。――で、智津子の家ではその後、変化はあって?」

岬慎吾はあのあと四日間、夜になると雇われガードマンとして、智津子の家に住み込んでいたのである。

返事は予想どおりであった。

「別に、異常はありません。脅迫電話というのも、その後は一度もかかってこないし……」

「あたりまえよ。脅迫者なんて、どこにもいやしないんだから」

舞子はすぐにでも麻布署の宮本にこのことを繋《つな》ごうかと思った。でもまだ、情況証拠ばかりで、確証があるわけではない。そこで一計を案じ、蛍田景介の電話番号を照美に調べさせ、自分でプッシュを押して、ある打ち込みをはかった。

翌日は晴れていた。もう陽射しは初夏だ。

舞子が午後一時に暗闇坂の智津子の家にゆくと、ちょうどそこに、蛍田景介が智津子に「呼ばれて」訪問しているところであった。

「あらあら、お揃《そろ》いで――」

と、舞子は勝手に応接間に上がって、そこにいた二人に優しい笑顔をむけて言った。

「事件からまだ幾日も経ってはいないというのに、真犯人がのこのこ犯罪現場に踏み込むなんて、ずい分、大胆なかたね」

蛍田のほうに流し目をくれてやった。

智津子と蛍田は呆気《あっけ》にとられ、

「真犯人とは、どういうことです」

「決まってるじゃないの。暗闇坂殺人事件の真犯人たちよ」

「いったい、誰のことです？」

「共謀して、狂言強盗を働いて、河合徳次郎を死に至らしめたのは、そこの良い男、蛍田景介と、被害者のふりをしている人妻、河合智津子さんだと、私はそう睨《にら》んでるけど」

「まあ」

と、智津子は血相をかえて叫んだ。「私の名を騙《かた》って彼をここに呼んだの、センセーだったんですか！」

「そうよ、覆面をしていても、身長、骨格などある程度、判別はつくわ。あとでお手伝いの良子さんに面通しをしてもらおうと思ったのよ」

舞子はこれまで自分で調べたこと、推測したことの幾つかをぴしぴしと言ってやった。

「そのうえ、智津子さん……あなたはいかにも高齢の夫に仕え、満たされない人妻を装うため、私たちのクリニックを訪れて、セックス・カウンセリングを受けていたのよ。私を味方に引きつけておけば、事件直後、一室に逃げこんで、強盗にレイプされたショックを、オーバーに表現することもできるし、警察をごまかすこともできるわ」

「違います。私たちは決して――」

「白ばっくれないで。あなたたち二人が、ずっと昔から愛人関係にあり、目黒メゾンを愛の巣にしていることぐらい、もう突きとめているのよ。今度の一件だって、思惑どおりに早く死んでくれない老富豪に業を煮やして、狂言強盗とレイプ劇を仕組んだに違いないんだから」

少し、きつく言いすぎたかな、と舞子が後悔するくらいに強い調子で問い詰めた時、智津子がふっと俯《うつむ》き、

「……仕方がありません。蛍田のことをそこまで突きとめられているのなら、彼との仲を

否定はしません。いずれ、あまり長生きするようなら、河合を謀殺しようと話し合ったこともあります。というのも、私は演出家に転向して劇団を作りたいという蛍田の舞台意欲に惚《ほ》れこみ、その援助をするために、河合の妻になったからです。でも、あの晩は本当に強盗が入ったんです。私たちが仕組んだんじゃない！」

（まあ、ずい分、しぶとい女だわ）

ぬけぬけと言い逃れようとする。

舞子がそう思った時、応接間の電話が鳴りはじめた。

智津子がふっと怯《おび》えた顔をあげ、電話のほうに立ちあがろうとするのを制し、手近にいた舞子は、その受話器をとった。

「はい、河合ですが――」

お手伝いの声を装うと、相手は一瞬、短い沈黙をおいたのち、

「奥さん……おれだよ。三億円、金は用意できたかい？」

男の低い声がきこえてきた。舞子はあっと、踏んでいるその床がひっくり返るような思いがした。智津子の愛人、蛍田景介は、すぐ眼の前にいるのである。

犯人は、蛍田ではなかったのだ。

それから一週間後、麻布署の宮本錬四郎から舞子のところに解決の電話が入った。

それによると、盗まれた手提げ鞄やその中に入っていた有価証券などを処分した痕跡《こんせき》から、河合家に押し込み、さらにゆすろうとしていた犯人は、前科三犯の強盗、恐喝常習犯、伊崎修五郎という男であることが判明し、逮捕されたそうである。

宮本は事件解決の礼を述べていたが、舞子は返事をするのを忘れていた。

もう少しで、河合智津子と蛍田景介を犯人としてしまうところだったかもしれない自分の考えが、恥ずかしかったからである。

でも……でも……考えてみれば、あの二人が、いずれ同じ犯罪に走らなかったという保証はない。伊崎という男は、案外、あの二人の犯罪と破滅を救った大恩人、ということになるのではあるまいか。

暗闇坂はやはり、暗闇坂だったのである。

第四章　シンデレラの犯罪

1

貴堂舞子が門扉を入った時だった。

家の中から凄《すご》い剣幕の怒鳴り声が響いた。

（この女、出てゆけーッ！）

烈火のごとき怒声とは、このことだろう。

舞子は一瞬、自分が怒鳴られたのかと思って、どきっとして石畳の通路に立ち止まって、あたりを見回したほどだった。

でも、自分は電話で呼ばれてその家を訪問したところであり、まだ門扉を入ったばかりだから、頭ごなしに出てゆけ、と怒鳴られたりするいわれはないわけであった。

（やれやれ、大変なおうちだわ……）

舞子が歩きかけた時、勢いよく玄関のドアがひらいて、一人の女が飛びだしてきた。相当な美人だった。女は玄関のドアをあけたまま、屋内にむかって、

「えーえ、出てゆきますとも。そうがみがみ怒鳴らなくても、出てゆきますよ。笹森《ささもり》繁三さんに会えないのが残念でしたけど、また参りますわ」

厭味《いやみ》たっぷりにそう言い残し、

「では、失礼——」

——パターン。

ドアを閉めたのであった。

ちょうど、くるりと振りむいて門扉のほうに歩いてきた女と、舞子はレンガの敷石道の上ですれちがうことになった。

女は、風を切る勢いであった。

舞子に一瞥《いちべつ》を与えて、通りすぎようとした時、

「ちょっと、あなた——」

振りむいてから声をかけてきた。

「はあ?」

舞子が立ち止まると、「あなたも、夏村美保子さん？」

舞子の知らない名前をだして、妙なことをきいた。

「いいえ。私は貴堂舞子と申しますけど」

「ああら、そう。人違いのようね。ごめんなさい」

女は、それだけを言い残すと、もう振りむきもせず、高々とハイヒールの音をたてて門扉を出ていった。

（何よ……変な女……！）

（それに……この家もヘンな家……！）

舞子はでも、機嫌を直して、玄関のブザーを押した。

すると、今度は屋内から、途端に、

「また、きやがったのか。帰れったら帰れッ」

男の怒声が響き、スリッパの音も荒々しく玄関のドアがぱっと開き、外にむかって塩が振りまかれたのだった。

「あーら」

舞子は危うくよけたが、それでもワンピースの裾《すそ》にいくらか塩がかかった。男は舞子の顔を見た瞬間、

「や、これは――」

人違いだと気づいたらしく、「どうも、すみません」

可哀相《かわいそう》なくらい、恐縮してしまった。

「いいえ。血の雨でなくて、塩の雨で助かりましたわ」

舞子はにっこりと笑い、「――私、電話を受けて参りました虎ノ門セックス・クリニックの貴堂舞子でございますが」

「ああ、あなたが貴堂先生ですか。これはどうも……私、笹森範行《のりゆき》です。さ、さ、どうぞ、中に入って下さい」

舞子はやっと応接間に通されることになった。

そこは代々木西原の高台にある森に包まれた宏壮《こうそう》な邸宅である。応接間もまた、それに見合う真紅のカーペットが敷かれ、シャンデリア、マントルピース、青磁の壺《つぼ》……と、すべて堂々とした厚みと輝きと奥ゆきのあるものばかりであった。

何しろその邸《やしき》は、世田谷方面に広大な地所と、自動車販売会社と、幾つもの分譲マンションや貸しビルを持つ総合企業「笹森興業」の社長兼会長の邸宅である。

それにしては、さっきの怒鳴り声は、いささか常軌を逸していたのではあるまいか、と思いながら、舞子は案内されて、ソファに座った。

「で、私に用事があるというのは、どういうことでございましょう?」

笹森興業の会長兼社長にしては、いささか軽い、という印象だし、意外に若いという気もしたのである。

するとその笹森が、

「あなたに電話をさしあげたのは、私ですが、用事があるというのは、私の父親です。私は息子で会社では常務をしております。相談というのも、父の一身上のことなので……何と申しますか、要するに、秘密を要するということで……こうして日曜日にわざわざ自宅までおいでいただいたわけです」

そつのない役人のように揉《も》み手をしながら言った。

「それで……そのお父さんの用事というのは?」

「はい。今、ご案内します。父が、枕許《まくらもと》でじきじきに、貴堂先生に折り入って、お願いしたいことがあると、申しておりますので」

この分だと、この息子は会社の事業の上でも家庭でも、父親の使い走りや片腕として、内務官僚のような役割をしているのかもしれない。

そんな印象であった。笹森は立ちあがって屋内電話をとりあげ、お手伝いらしい者に、お茶を早く持って来い、と怒鳴りつけている。

「いえ。お茶は結構ですから……とにかく、そのお父さんのご用件というのを」

貴堂舞子は女にしては気性がさっぱりしていて、気が短いほうである。役人のようにばか丁寧に応対されると、かえって気持ちが苛《いら》つくのであった。

「そうですか。では、お茶はそちらに運ばせましょうか。どうぞ――」

笹森は応接間から出て、長い廊下を先に歩き、舞子を奥の部屋に案内した。途中、ちょっと立ち止まって顔を近づけ、

「ご参考までに申しあげておきますと、父はもう七十八歳で高齢です。そのうえ、劇症肝炎と心臓を患《わずら》っていて、臥《ふ》せております。こういう情況が何を意味するのか、おわかりいただけますね?」

よくわからなかったが、ええ、と舞子は答えた。

劇症肝炎といえば、多分、死期が近づいている、ということではあるまいか。舞子を枕許に呼びつける、という配慮が何とはなしに高齢実業家の臨終近し、という状況を想像させたのである。

そうなると舞子とて、いささか緊張せざるを得ない。しーんと静まりかえった廊下を幾つか折れて奥の大広間に通されると、案の定、庭に面した八畳間にご大層な絹ぶとんが敷かれ、一人の老人がそこに寝ていた。

その傍らに、和服を着た四十五歳くらいの何となく色香の匂《にお》う小粋《こいき》な女が座っていて、何かと病人の世話をしていた。

2

「あんたが、貴堂舞子さんか。もう少し、近う寄ってほしい」

笹森繁三は、枕許に舞子を呼びよせた。

「実は、あんたに人探しをやってもらいたい。わしの寿命は、もうあまり長くはない。事は急を要する」

落ち込んだ鷲《わし》のような眼は、元気な頃《ころ》ならさぞ威厳と威圧感を持っていたであろうと思われるが、今は生気がない。首筋や手首もやや細って、年老いた猿のようだった。

「はあ。人探しと申されますと……？」

舞子は静かにきき直した。

「恥ずかしい話だが、わしには昔、人の道を踏みはずした不肖の息子が一人、おった。しかも長男じゃ。ほんとうなら、その子がわしの事業と身代を継がなければならなかったが、若い頃から酒場女のところに入りびたり、競馬、酒、ギャンブルに熱中して、家の身代は持ちだすわ、極道の連中とはいざこざを繰り返すわで、まともに生業に励もうとはしなかった。こんな息子にわしの事業と身代を委《まか》せると、ろくなことはないと思って、わしはその長男を廃嫡《はいちゃく》処分にして、二男の範行に跡目を継がせたんじゃ」

まあ、と舞子は息を飲んだ。

廃嫡――耳なれない言葉である。

だが、その意味するものは何となくわかる。

要するに、その長男を家族や家系から「放逐」し、相続人から「除籍」することであろうか。

それにしても、廃嫡処分――語感からしても何とも残酷で、ドラマチックである。

当然、その息子は家を出てしまったはずである。どこかで、放蕩《ほうとう》を繰り返しているのか。

それとも、行方不明なのか。

「その息子さんを探してくれ、とおっしゃるのですか？」

舞子はそうきいた。すると、いや、と笹森は枯れた手を振り、一瞬、声を飲んで眼を閉じた。それは何かを悲しみ、懐かしんでいるような表情であった。

「そうじゃない。残念ながら、長男はその後、社会の裏街道を歩き、極道の出入りで新宿の路地裏で刺されて重傷を負い、病院に担ぎこまれる前に生命を落としてしもうた」

そこでまた言葉が途切れた。「考えてみると、その息子は不憫《ふびん》な一生だったといえる。あいつがぐれたのも、終戦直後じゃった。鹿屋《かのや》まで行ってたのに、特攻機にも乗れず、戦争が終わってしまい、戦後は世の中の何もかも、価値観が狂ってしまって、焼け跡闇市《やみいち》の新宿界隈《かいわい》で、あすをも知れん生活をするしか、あいつは心の張りをつなげなかったのかもしれぬ。耕太郎というのが長男の名前だが、わしにも耕太郎の気持ちがわからんではなかった。しかし、そういう極道者に、家の身代と事業を委せるわけにはゆかなかった！」

笹森繁三は、うっすらと涙が光る眼で天井を見つめたまま、そんなことを話した。しかしすぐに、それが老人の繰り言だと気づき、

「あ、いや」――と、あわてて首を振った。

「そういうことを話すために、あんたを呼んだのではなかった。ともかく、そういうわけで、わしには廃嫡処分にした息子がいた。あんたに頼みたい人探しの件じゃが、耕太郎は昭和三十九年、極道の出入りで死ぬ頃、新宿に何番目かの愛人がいて、その女に子供まで生ませていたときいている。今になって考えると、耕太郎にも、またその女にも、わしは何一つしてやったことがない。その後、その耕太郎の愛人と子供がどうしているのか。それが心配で……心配でな」

なるほど人間は、いよいよとなると、気にかかっている昔のことを色々、思いだし、そ

の荷物をどうしてもまともな箪笥《たんす》の中に収めてしまわなければ、気がすまないものらしい。

笹森の話によると、耕太郎が生ませた子供は娘で、たしか夏村美保子、という名前だそうである。

（そうだったのか――）

舞子は思いだした。

「あなたも夏村美保子さん？」

――先刻、表ですれちがった女の言葉である。

それはともかく、夏村美保子の姓は、母親のものである。昭和三十八、九年頃の生まれだというから、二十五歳前後である。母親の夏村百合江《ゆりえ》は当時、ジャズシンガーで新宿のキャバレーあたりを回っていたという。ジャズシンガーといっても、キャバレーのショータイム回りの歌手は、ホテルシンガーより格は落ちるし、身分や収入が保証されているはずもなく、のちには新宿の柳小路で小さな酒場を開いていたというが、その後の消息は知れない。

笹森がみるところ、感心なのはその母娘《おやこ》である。百合江は自分の内縁の夫であった男が、新宿に本社を持ち、世田谷方面に多くの地所を持つ笹森興業の社長御曹子《おんぞうし》であることを知っていたはずだし、成長した美保子もまた、父親の血筋を知っていたはずである。

ふつうなら、男の死後、あるいは娘が成長したあとだって、その男の家に押しかけて相当の慰謝料なり養育費なりを要求しても、少しもおかしくはない。

「廃嫡していたといっても、それは跡目を継がせなかっただけの話で、わしにはその母娘に責任がある。いずれは泣きついてくるはずだから、その時になって、しかるべき処置なり、処遇なり、慰謝料なりを考えてやろう、とわしは思っていたんだ。が、しかし、百合江という女は一度も、わしのところに泣きついてはこなかった。女はともあれ、生まれた娘の美保子は、わしにとっては大切な孫じゃ。長男の耕太郎に冷たくして早く死なせた分、今頃になっていたく気になってのう……」

笹森はそこまで話して、また繰り言になったと気がついたらしく、眼を閉じて言葉を切った。

「その夏村美保子という娘を探してほしい、とおっしゃるわけですね？」

舞子は先を促すようにきいた。

「うむ。そうじゃ」

笹森の唇がぎゅっと結ばれ、「あんたに、そのわしの孫を探してほしい」

舞子は気がかりなことを一つだけ、注意した。

「でも、その母親の夏村百合江という女性が、耕太郎さんが亡くなった後、もしほかの男性と結婚していたら、娘さんも一緒に連れていったはずでしょう。笹森家としては、今頃になって心配したり、差し出がましいことをする必要は、さらさらないと思いますが」

「うむ。それはわかっておる。だから、その母娘がどこかでもし平和に暮らしていれば、それはそれでいい。わしも忘れよう。じゃが、最近、わしの夢枕にたびたび現われるところをみると、とてもそうは思えん」

「それにしても何か、手掛かりがございますか」

舞子は話を先にすすめた。

「うむ。幾つかある」

笹森は傍らの女性に、指示した。

「絹子、例の……写真をだしてくれ。それから、当時の郵便物や夏村百合江の本籍地や現住所をメモした書きつけも一緒に」

「はい」

と絹子と呼ばれた女が頷《うなず》き、傍らの小箱の抽出《ひきだ》しから二、三枚の写真と、書きつけ類を取りだし、

「どうぞ、お改め下さい」

舞子にさしだした。

絹子という女は、笹森の世話をやく女であろうか。粋すじあがりと思える垢《あか》ぬけした襟あしや雰囲気、年齢からいっても笹森の妻とも思えない。

舞子はそれらの手掛かり品の幾つかを、改めた。いずれも昭和三十八、九年頃の古いものばかりであった。

写真は、耕太郎の葬儀の時のものである。喪服の若い女が花環《はなわ》の前で乳飲み子を抱いている姿が、スナップふうに撮られている。もう一枚は、葬式ではなくふだんのスナップで、その裸の赤ちゃんを行水させている、何とも愛くるしい日常写真であった。

書きつけには、夏村百合江の当時の住所や、本籍地などがメモされていて、幾つかの手紙類が添えてあった。手紙は、耕太郎が亡くなった後も、一、二年くらい、季節の挨拶《あいさつ》とともに娘の成長を知らせるものが笹森のところに届いていたらしく、昭和四十年三月の日付のものまであった。

舞子はそれらのものを手にして、しばらく沈黙した。

そこには奇妙で、不幸なつながりかたをした笹森と、息子と、その息子が愛した女との、ひどく切ない出会いとすれちがいが、年月のむこうに青白く尾を曳《ひ》いてよじれているような気がした。

しかし、この広い世間から、夏村美保子なる孫を探し出す手掛かりにする証拠品としては、あまりにも貧弱すぎる。

百合江がバーをだしていたという新宿の柳小路は、もう地上げ屋によって全面、ブルドーザーで壊されてしまい、新しいビルが建ちはじめている。当時の住所である、十二社《じゅうにそう》界隈のアパートにしろ、ほとんど整理されて、二十数年前にそこに住んでいた母親を覚えている人間など、幾ら探しても見あたるはずはないと思えた。

笹森は舞子の心配を察したらしく、

「うむ……たしかに手掛かりとしては心細いかもしれんな。しかし、最大の手掛かりは、もう一つあるんじゃ」

笹森繁三はそう言った。

「もう一つとおっしゃいますと？」

「うむ。その行水中の赤ん坊の写真をよく見てほしい」

舞子はもう一度、手にとって眺めた。

「何か、気づいたことはないか？」

「はあ。——別に」

「貴堂先生は、双門玉《そうもんぎょく》とか、双門真珠とか、いわれる黒子《ほくろ》、知っていなさるか？」

「いいえ。きいたことがございませんが」

「門というのは、女性の入り口のことじゃ。その門の両側を飾っている玉とか真珠を、双門玉という。――つまりは、女性を解剖学的に見て、大股《おおまた》開きをした太腿《ふともも》の付け根の両側にな、玉門を双方から守るように、黒い大きな黒子《ほくろ》が両方についている。そういうしるしを、双門玉というんじゃ。その赤ん坊の写真、もう一度、よく見てくれんかな」

言われて何気なく写真に眼を落とした時、あっと舞子は小さな声をあげた。なるほど、そう言われてみれば、母親に抱かれて入浴している赤ん坊の股間《こかん》に、それとわかる程度に黒点が二点、見えた。

拡大鏡《ルーペ》で見れば、もっとはっきり見えるかもしれない。

「どうじゃ、見えるじゃろう。この子は何と不思議な娘でしょう、と百合江が一度、孫の報告をしてきた手紙に、そう書いておったよ。きっと、母親の私と違って、倖《しあわ》せになる娘に違いありません……とな」

その黒子が、倖せになる徴《しるし》であるかどうかはわからない。しかし、手掛かりとしては一級品である。もし、夏村美保子という女を見つけだした場合、その手の女がたくさん現われた場合、いずれもそれが最大のキメテになるわけであった。

――なるほど、それでセックス・カウンセラーである自分が呼ばれたのか、と舞子はようやく、そこに思いあたった。女性の、そういう部分をさりげなく点検できる立場など、産婦人科医か、セックス・カウンセラー以外、誰にもできるというわけのものではない。

舞子がそう考えた時、笹森がすかさず言った。どうもこのご老人、死期が迫っているにしては、次々に先を読んで話しかけてくる底力を残しているところをみると、やはり、気がかりな孫娘探しに、一種の執念というものをかけているのかもしれなかった。

「貴堂先生……お察しのとおりじゃ。今すでに、わしの病気を察して夏村美保子と名のる女や、耕太郎がもっと他の女に生ませた娘だとか名のって、数人の女が家に押しかけたりしている。しかし、わしにはどれも、ぴんとこん。美保子はきっとこの東京のどこかにいるはずじゃ。この仕事、あんたがたにしかできん。よろしくお頼みします」

舞子は結局、引き受けることになった。

いつの時代も、親が子や孫を思う気持ちは同じである。古い道徳観からそう思うのではない。肉親同士というものの血や肉のつながりは、生きとし生けるものの原点であり、最初の結びつきであり、だからこそ美しいとさえいえる。

「わかりました。何とかやってみましょう」

舞子はそれと同時に、先刻、表で凄い剣幕で追い返された女のことが気になった。

座敷を出て帰りがけに、廊下で笹森範行に何気なくそのことを聞いてみると、

「もうお気づきでしょう。あれも遺産分与を狙《ねら》って押しかけてきた夏村美保子の、ニセモ

ノの一人ですよ」

「どうしてニセモノだとわかったんですか？」

「お爺《じい》ちゃんに会わせろ、と玄関先でわめきちらすような女が、美保子であるはずがありません。財産を分けろとか、慰謝料をよこせ、などと平気な顔をしてわめくんですからねえ。いやはや、今時の娘たちときたら——」

「笹森会長病気、の噂《うわさ》をきいて、駆けつけてきたんですか？」

「いや、実は——」

笹森範行は応接間で、新聞のあるページをめくって広告欄を指さした。

三行広告である。

——祖父危篤、夏村美保子、来たれ……。

そういう文面であった。

なるほど、新聞の三行広告というものは意外に目を惹《ひ》く。こうして全天下に呼びかけた結果、それで複数の女が現われたというわけか。

「そういうわけです。今までに五人、美保子と名のる女が、現われております。最終的には、貴堂先生にその五人の女について、例のしるしを見ていただきたいと思っておりますが、しかし父が言うには、新聞広告はあてにならん。どうせ貴堂先生に頼むのなら、いっそ、ゼロから夏村美保子探しを頼め……とそう強く申しますものですから……そういうわけで……何分よろしく」

笹森範行は揉み手をして送りだした。

血気にはやりすぎて、極道に走ったという耕太郎より、この弟は相当、処世術に長《た》けた現実主義者のようである。

3

その週、貴堂舞子は忙しかった。

クリニックには相談者が千客万来なのである。しかし、笹森繁三から頼まれていたことをなおざりにするような舞子ではない。

舞子は代々木西原の笹森邸から帰った翌日、早速、助手の岬慎吾を呼び、今度の夏村美保子探しについての協力を求めた。

舞子が見るところ、まず母親の夏村百合江のその後について調べるのが得策であり、それには、昭和四十年前後の彼女の「店」や「現住所」をあたっても、今は環境が激変しすぎていて、労多くして効少ないとみられるので、警察と同じように原籍主義を取ることが得策だと思えた。

つまり、本籍地をあたり、実家を探しだし、その実家や学校の同窓生などをあたって消息を調べてゆくほうが、夏村百合江のその後の動静や消息、娘のことがわかると判断したからである。

「ねえ、そんなわけなの。ちょっと、金沢まで飛行機で行ってくれる？」

夏村百合江の本籍地が石川県金沢市小立野《こだつの》となっていることは確かめている。岬は身が軽いので、

「いいですよ。そのかわり、二泊三日の出張扱い。クリニックは三日間、公休にしますからね」

「いいわよ。ただし、山中温泉あたりでの遊び賃は自分持ち！」

「しっかりしてるう！」

岬はともかく、飛行機で金沢に飛んだ。

だから、岬慎吾が帰京するまでは、その問題は進展させる必要もないと判断して、舞子は通常のクリニックの仕事に没頭したのであった。

岬慎吾が帰ってきたのは、二日目の夕方であった。予定より一日も早い。

岬も働き中毒患者であるらしく、口で言うほど遊び志向ではない。

「院長！　わかりましたよ」

ドアを開けて駆け込んでくるなり、「夏村美保子の居所がわかりました！」

勢いよくそう言った。

舞子は岬の報告をきいた。

それによると、夏村百合江の実家は、金沢市のはずれの、犀《さい》川の近くであった。家は古い地酒の醸造屋で、百合江の母親にあたる老婦人がまだ健在だったので、たいていのことがその実家でわかったという。

夏村百合江は地元の女学校でなまじ英語が得意だったため、ジャズシンガーに憧《あこが》れ、東京に飛びだしたらしい。しかし大成はせず、未婚の母となり、ジャズシンガーをやめたあと、新宿の柳小路で「黒百合」というバーのママをしていた。しかし、それもあまり長くはつづかず、五年ぐらいして子連れで金沢に戻ってきて、香林坊でバーを開いていたが、七年ほど前、肺炎をこじらせて、ひっそりと幸薄い生涯を閉じたそうである。

もっとも、娘の美保子は健在である。母親に似て歌手に憧れ、金沢の高校を出たあと上京し、渋谷や六本木界隈のライブハウスにアルバイターとして勤めながら、ロック歌手になり、今は渋谷の「チャーリー・ブラウン」というライブハウスで歌っている、ということが判明したのであった。

「なるほど、チャーリー・ブラウン……ね」

舞子は報告をきいて、記憶を探った。

「知っているんですか?」

「行ったことはないけど、最近よくヤング向けのタウン誌や音楽雑誌にのっていて結構、有名らしく、話にきいたことがあるわ。いきのいいロックのライブハウスらしいわね。でもその百合江の母親って、相当の年配なんでしょうけど、チャーリー・ブラウンなどというカタカナの店名をよく憶《おぼ》えてたわね」

「ああ、それは葉書を見せてもらったんですよ。二年ぐらい前の葉書でしたけどね。美保子の自筆で、〝こういうお店で歌ってるから、心配しないで……〟って」

「二年前……というと、まだその店にいるかしら?」

「ともかく、行ってみるしかありませんね」

「そうね。行ってみるしかないわね、今夜にでも」

「院長、行ってくれますか?」

「あたしはだめよ。引っ込んでたほうがいいに決まってるわよ。何しろ相手は女ですから。岬くん、しっかり腕によりをかけて、その女性シンガーを口説いてさ、あの部分を確認する情況に持ち込まなくちゃ」

当面の役割は、岬慎吾にバトンタッチされた。

岬はその夜、タウン誌を調べてその店に行った。

アメリカのクラシック・ジャズの名プレイヤーの名前をとった「チャーリー・ブラウン」というライブハウスは、渋谷にあった。道玄坂や宇田川町の繁華街ではなく、スペイン坂の下の雑居ビルの中であった。

しかし、店内はアーリーアメリカン風で、ウッディ感覚で統一され、若い熱気がむんむん。満員の客と、料理と、酒の匂いと煙草《たばこ》の煙の中で、ボサノバ、ソウル、ロックと、バンドが何でも演奏しながら、外国人二人を含む四人の女性歌手が、交互にステージに立って、全身でリズムを取りながら、歌いまくっていた。

夏村美保子が、渚《なぎさ》美帆というステージ名で歌っていることは調べておいた。なるほど、サーファーカットのクールな印象である。

ロックとはきいていたが、年齢とともに持ち歌を変えてきたのか、今はリズム感とパンチだけではなく、情感あふれるソウルやリズム＆ブルース調の歌が多かった。

（血は争えないものだな。東京の一流のステージで歌いたいという夢を燃やしながら、金沢の香林坊でひっそりと生涯を閉じた母親の気持ちがのり移ったのかもしれない。美保子はそこそこ、その夢を実現しているわけだ……)

岬はその夜、楽屋に大きな花束を届けておいた。花束に名刺は差し込まなかった。

二日目も三日目も、大きな花束とケーキと寿司などの差し入れを楽屋に届けておいた。

やはり名刺は差し込まなかった。

一週間、ぶっつづけで花束を届けたあと、機《しお》を見て楽屋に行った。

彼女の最終ステージが終わったあとだった。

楽屋は狭かった。渚美帆は鏡にむかって化粧を落としていた。岬は音楽記者のような生意気な恰好《かっこう》をして、腕組みをしたまま壁にもたれ、鏡の中に映っている渚美帆の顔を見て話しかけた。

「いいソウルを歌うんだね。それにステージ名も、ウインドサーフィンみたいに賑《にぎ》やかで、若い連中に受けそうで、きまってるよ」

「ありがとう。一週間連続でバラの花束貰《もら》ったの、初めてよ。あれ、あなたでしょ?」

「うん。魂《ソウル》にピーンと響く歌手を見ると、すぐに贈り物をしたくなるんだ」

「奇特なファンがいてくれて、うれしいわ」

「きみの本名、たしか夏村美保子ときいたんだけど、本当かな?」

「そんなこと、誰が言ったのかしら。あたしはずうーっと、渚美帆で通してきたつもりだけど」

「どうして本名を隠すの？」

「いやなのよ。本名にはいやな思い出ばっかりだから」

「お父さんが、極道だったから？」

「それだけじゃないわ。お母さんだって――」

言いかけて、化粧を落とす手が止まり、「あんた、どうしてそんなこと、知ってるの？」

「ファンはいろいろと知りたいんだよ。惚《ほ》れた歌手や俳優や野球選手のことならね。根掘り葉掘り――」

本当かしら、という顔で鏡の中の美保子が、やはり鏡の中に映っている岬慎吾を見た。鏡の中で二人の眼があい、ふっと二人ともがおかしそうに笑った。

岬は背中に垂れた美保子のサーファーカットの髪を片手ですくって、かたわらに流してやった。白い襟あしが現われた。岬はそこにほんの心持ち、触れるか触れないかの軽いキスを這《は》わせた。

「うふん……」

美保子が首を後ろに反らし、細い声を洩《も》らした。

「ここは二人っきりの部屋じゃないのよ」

「知ってるよ。でも今は、誰もいない。これもファンとしてのサービスのつもりでね」

もう一度、首筋に優しくキスした。彼女はそこがひどく感じるらしく、くすぐったい、と身体を震わして笑い、突然、すっくと立ちあがった。

「おなか、ぺこぺこ。さあ、どこかに連れてってくれる？」

「そうこなくっちゃ。待ってたかいがあったよ。行こう、行こう」


二人は夜更けの街に出た。

雰囲気からいって、美保子は深夜営業のカフェバーかピザの店か、スペイン料理でもリクエストするのかと思っていると、活作りの魚の店がいいと言った。その手の店はもう閉まっていたので、ともかく魚の美味《おい》しそうな宇田川町の居酒屋を探して入った。

美保子は日本酒の冷用生酒を飲んだ。美味しい魚にあわせてワイングラスで飲むと、白ワインよりも冷用酒のほうがずっと美味しいのだ、と言った。

岬は飲みながら、どんどん話をすすめてゆくことにした。

「お父さんのこと、思いだすことある？」

「あたしが満一歳の時に新宿の歌舞伎町《かぶきちょう》で、地回りに刺されて、亡くなったというから、あまり憶えてないのよ」

「本物の極道だったのかな」

「そうみたい。でも母は惚れてたみたいね。あたしを生んだあとも、ずーっと父の写真を肌身離さず持っていて、再婚さえしてないもン」

夏村百合江という女は、想像するだけでも、会ってみたいと思う女性であった。女としての勁《つよ》い線と、優しさと、心映えをもって生きていた女かもしれない。

ふつうなら笹森財閥の大会長のところに、娘を抱いて押しかけて、何がしかの物質的見返りを期待するものなのに、それをまるでしていないというところに、心に沁《し》みるものを感じる。

「ところで、美帆は本当は両親のこと、あまり思いだしたくはないんだろう？」

「そうかもね」

「じゃ、お祖父《じい》ちゃんのこと、考えたことある？」

「金沢の……？」

「いや、東京にもいるはずだけど」

「ああ……お父さんのほうね……ううん、あんまり」

「考えたことないわけか」

「だって、考えろったって、無理よ。何にも知らないんだもの」

美保子はかなり強い調子で言った。

すると、美保子は本当に自分の父親が笹森興業の御曹子であったことを知らないのだろうか。岬は酒をすすめながら、さらに言った。

「あのね、美帆。こういう面白い話があるんだ。――代々木西原のある豪邸に住む老実業家が、同じ東京の空の下にいる孫娘を今、必死で探している。その老実業家はもうすぐ死にそうな大病なので、早く見つけて遺産分与の遺言を残したいらしいんだ。こんな場合、そのシンデレラガールというのは、ふつう、どうするんだろうね？」

ワイングラスを口に運びかけていた美保子の手が、ふっと宙に止まり、息を詰めたような表情になった。そして彼女はそれから、宙をむいたまま、

「もしかしたらその話、あたしのこと？」

「さあ、どうだろう。まだぼくにも、それはわかんないけど」

「――ずっと昔、母に聞いたことがあるわ。お父さんの名前、たしか笹森耕太郎っていうらしかったわ。そして祖父は笹森繁三だったかな」

（――知っている！）

それなのに、その笹森繁三なる人間が、今でも東京・西原の大富豪であることは、知らないというのだろうか。――この際、奥の院まで確かめてみよう。

「あのね、美帆。その東京の空の下のどこかにいるはずのシンデレラガール、双門玉というものを持っているそうだよ」

「ソウモンギョクって、何よ？」

「女性のお股にある黒いほくろ！」

——ひゃッ！

というような悲鳴をあげて、美保子はカウンターに座ったまま、あわてて股を閉じようとしたようだった。

どういう心理と、反射神経だったかはわからない。おかげで、グラスからは白い液体が飛んで、あたりに散った。

「やだ、やだ。何てこと言うの！」

「どうしてそんなに怒るんだい？」

「だって、あたしの身体、見たようなこと言うんだもン」

「そうか。やはり、憶えがあるんだな？」

岬が顔を覗《のぞ》きこむと、

「やだ、やだ。どエッチなこと言わないで！」

「ねえ。答えてくれ、美帆。——ぼくは実はちょっとした町の探偵なんだけどね。その老実業家に頼まれて、そのシンデレラガールを探している。目印は、その双門玉だけなんだ。ねえ、美帆。ぼくは自分の眼で、それをしっかり確かめなければならない——」

美保子はもう怒ったり、笑ったりはしなかった。やだ、やだ、という幼い反応も見せはしなかった。

その時、美保子は岬のほうをむいて、実に奇妙な表情をしていた。瞳《ひとみ》に燃えるようなものが光って、その光を宿した瞳をまっすぐにむけたまま、美保子は岬にむかって挑むように、こう言ったのである。

「いいわ。あなたのやりたいようになさい」

——直後、しばらくの沈黙があった。

「どういう意味……?」

「あたしをどこかに連れ込みたいんでしょ」

「ありがたい。それがわかっているのならぼくは助かる」

岬は妙に間の抜けたことを言って、立ちあがった。

4

ドアを閉めてすぐ、むきあった。

岬は美保子を抱きよせて、くちづけにいった。背のびして美保子は応じてきた。かすかな香水の奥に、湿った、あたたかい唇があった。

美保子は激しく舌を迎え入れ、跳ねあわせた。すぐに喘《あえ》ぎはじめた。揺れるように二人の脚がふれあうたび、そこからゆらめくような甘い響きが立ちのぼってきたからである。

そこは道玄坂のラブホテルだった。美保子は歌手といっても、メジャーではないので、顔は知られてはいない。岬もまた、仕事の場所は、どこでもよかったのである。

神聖なる双門玉あらための仕事であるはずなのに、ついでに、人気絶頂のライブ歌手の身体を楽しめるというのも、神の加護と配慮であろう。

美保子の胸はふくらんでいる。そのふくらみの感触を胸で楽しみながら、ディープキスをつづけ、かたわら岬は、ミニスカートの裾から手を入れた。

美保子は拒まなかった。適当な酔いが、美保子を朦朧《もうろう》と、そして大胆にさせているようだった。しっとりと湿気を含んだ温かいパンティが指に触れた。

内腿も柔らかい。岬はキスをつづけながら、パンティの恥骨のふくらみを、そっと撫《な》でた。

双門玉の検査は、まだあとでいい。

恥骨は高かった。撫でがいがあった。

指が布きれの隙間《すきま》から入りこもうとした時、

「ああん……待って」

美保子は腰をゆらめかせた。立っていられないようであった。

「ああ……」

刺激を弱めようとして、かすかに腰を折った。陰阜《いんぷ》を遠ざけたつもりのようだが、それはもう、腰が立たなくなったという姿勢でもあった。岬にすがりついた両手に、力が加わってくるので、それがわかる。

「こんなところでは、だめ。ねえ……ちゃんと」

秘密の果肉が熱く濡《ぬ》れているのを確かめただけで満足し、岬は美保子の身体を不意に抱きあげ、奥へ歩いた。

奥の襖《ふすま》をあけると、ベッドがあった。そのまま、ベッドの上になだれこみそうになるのを必死でなだめ、

「あたしのあそこ、検査するんでしょ？　ステージのあとって、全身、汗だらけなのよ。あたし、シャワーを浴びたい」

「うんいいね。ぼくもいこうか？」

「いやっ。あたし一人で洗わせて」

「恥ずかしいのかな？」

「そうでもないけど……あなたのほうこそ、あわてることはないでしょ。あとで……ね」

美保子は腕から降りると、覚束ない足どりで浴室に歩いた。

「すぐ戻ってくるわ。あなたは休んでて」

なるほど、美保子は、すぐに戻ってきた。風呂《ふろ》あがりの身体は、バスタオルで前を隠しただけで、素肌のままだった。

岬は美保子を掛け布団の中に入れた。枕許のスタンドの明かりはそこそこに調節していた。ふたりは裸のまま抱きあった。

「ね……検査するといっても、いきなりあそこを見られるなんて、女にとっては堪えられないことなのよ。あたしが夢中になって燃えて、いつのまに見られたか気づかないうちに、見られてしまった、というふうなら、許せるわ。——わかる？」

（——うん、大いにわかるよ、その気持ち……）

岬は美保子にくちづけにゆく。右手を豊かな乳房にまわした。揉みがいのある乳房が重く揺れた。圧して軽く揉むうち、掌《てのひら》の中でみるみる乳首がコリッと、硬くなってくる。

「ああ……響くわ」

そこから……と美保子は言った。

岬は美保子の腰にぐいと手をまわし、弓なりに反らせて、乳房を吸いにいった。舌と唇で、乳房への奉仕をしながら、空いている右手を股間におろしてゆき、茂みのあたりを軽く揉んだ。

美保子のデルタは、こんもりと高い。茂みは、さほど剛毛というわけではなかった。むしろ、柔らかくて、若葉のように、ヴィーナスの丘をうっすらとおおっている。

指をその下のクレバスのほうへおろしてゆくと、たちまち旅人は沼のほとりに出た。そこは熱く、滾《たぎ》るように、ぬかるんでいる。

ほとりから中にくぐりこませると、潤みはたちまち、濃いものとなってあふれ、指を押し包んできた。

「ああん……優しいのね」

(あまりあふれている女というのは、本当はその部分が鈍くなっているはずだが)

時々、ティシュで拭《ふ》きたがる女さえいる。

美保子はそうではなかった。あふれたまま、敏感らしい。たえまなく甘美な声を洩らし、腰をうごめかせた。

「噛《か》んで……お乳を！」

乳房も、本当なら噛むと痛いはずなのに、愛咬《あいこう》を好む女もいる。美保子はそういう体質なのかもしれない。指を性器の奥へすべりこませていった。

指はたちまち、泳ぐ感じになった。でも、指をくわえたまま、ひくひくと、時折、器官がうごめいたりする。膣はそれ自体の構造で、指をさらに奥へ吸いこもうとする。

そのたびに、腰に震えが生まれ、

「ああッ」

と美保子は反り返った。

「ねえ、ほしい」

肩を喘《あえ》がせている。

岬は乳房から顔を放し、胸、腹、茂みへとキスの旅をつづけた。茂みとデルタのあたりに、丹念に接吻の雨を降らせたあと、片手を太腿の内側に入れ、静かに押し広げていった。

いきなり、ぱっと広げるというのは慎むことにした。下腹部にキスをしながら、ひとりでに岬の頭と顔が女性の股の間に収まってゆき、美保子の性器を正面から拝む位置に修正していったのである。

内股に、両手を置いた。両下肢は、ひとりでに開いた。

ねだるように、せりだすように、そこはひとりでに開いたのである。

そして……見よ見よ。岬は秘門の両側に眼を走らせた瞬間、

——あッ！

と、声を飲んだ。

——あった……！

黒いものがうごめいている。

「双門玉が、あった……」

太腿の付け根に、濡れ濡れとぬれ光っている黒いほくろ。

秘貝を両側から取りかこむようにまばらに生えているヘアの中に、くっきりと二つの黒真珠がひそんでいるではないか。

——この女、夏村美保子に間違いない……！

岬は安心して伸びあがり、秘貝の眺めにますます猛《たけ》りたっているものを、その秘貝の中に収めていった。

5

「間違いありません。双門玉、発見しました」

――報告する岬慎吾の声は、幾分うわずっていた。

翌日、虎ノ門の貴堂クリニックである。

それはそうだ。岬の声がうわずったのは、老実業家・笹森繁三が、その末期に必死に探しているシンデレラを見つけてやったのだから、報酬のほうもまた、眼を剥《む》くくらい多いはずである。

そう期待したからであった。ところが、

「そう。それはご苦労さま――」

貴堂舞子の様子が、あまり飛びあがって喜んでいるふうではない。岬はいささか腹に据えかね、

「どうしたんです、院長！　今すぐに、代々木西原の笹森氏の家に電話をして下さい。夏村美保子には、いつでもぼくのほうから連絡をとって、西原の邸に参上する手はずを整えていますから」

岬は張り切って言うのだが、

「まあ、お待ちなさいよ。そうあわてることもないわ」

「何か……？」

岬は怪訝《けげん》な気がした。「院長に考えでもあるのですか？」

「いいえ、考えがあるというわけではないけど、ちょっと、気になることがあるのよ」

舞子は腕組みをして、ソファに座った。

「気になることというのは？」

「ええ。——岬くんがそこまで調べて、玉門ほくろまで確認したのなら、その娘、夏村美保子に間違いないだろうと私も思うわ。でも、他に五人もの候補がいるのだから、そちらの調査結果も一応は、見たうえで最終判断をしようと思っているのよ」

舞子はあのあと、笹森範行と連絡をとり、新聞の三行広告を見て、われこそ夏村美保子、と名のりでたらしい五人の女性の連絡先を確かめ、今、牝猫《めすねこ》クリニックの女性セラピストである饗真矢、友野照美、岡村聡子、相島レナなどに手分けをさせて、それぞれ真偽をあたらせているところである。

というのも、新聞広告を見て現われた以上、笹森繁三が昔、廃嫡処分したという耕太郎の存在や、その耕太郎が生ませた娘がいることなどの経緯を知っているはずだし、知っていないと、現われるはずもない。何らかの形で、夏村百合江、耕太郎、あるいは笹森一家と、つながりのある女たちのはずである。

だから、もしかしたらその中にこそ、本物の夏村美保子がいるかもしれない。あるいは、遺産分与にあずかろうとして、邪《よこしま》な考えから、夏村美保子に化けようとしている女ばかりかもしれない。いずれにしろ、その真偽を見分けるのは、神聖なる双門玉である。

それを今、助手たちが今夜までに確認することになっているのだ。舞子はその結果が届くまでは、一応、「チャーリー・ブラウン」の歌手こそ本物の美保子、と断定するのを保留しよう、と思ったのである。

「そんなわけなの。その結果がわかり次第、もし誰にも双門玉がなければ、あなたが突きとめたそのシンデレラガールをともなって、あす、代々木西原のお邸に行きましょ」

舞子はそこまで慎重に考えたのだが、その夜遅く、助手たちから一斉にはいった報告では、ただ一人をのぞき、四人の女の股間には、いずれも双門玉はなかったそうである。

残る一人の女というのは、先日、舞子が笹森邸の玄関先で出会ったあの威勢のいい女であり、その女は、世田谷区豪徳寺と記されている連絡先のアパートには住んでなくて、行方不明なのだという。

「変ね。連絡先にさえもいないのなら、ますます信用できないわね」

舞子も決心することにした。「――いいわ、岬くん。あす、あなたの夏村美保子を連れて、代々木西原に参りましょう」

そういうことになった。

舞子が連絡をとると、笹森繁三はたいそうな喜びようで、

「そうか、そうか。わかったか! 待っているぞ!」

枕許に引かれた電話口に、声を弾ませた。

翌日の午前十一時だった。

貴堂舞子は、岬と彼が連れてきた夏村美保子をともない、代々木西原の笹森の邸に出むいた。

先日の範行という息子が現われ、一行はすぐに奥の座敷に通された。待っていた笹森繁三は、枕許に半身を起こして、まっ白いブラウスとフレアースカートで純真な装いをした夏村美保子をしげしげと見つめ、眼尻《めじり》から涙さえ流した。

「あんたが、夏村美保子さんか?」

「はい。初めてお目にかかります」

美保子も今日はひどく殊勝である。

厳粛なあたりの雰囲気に、打たれているようなところがあった。

「会えてうれしい。あんたの母親には長い間、苦労をかけたな――」

また涙もろくなりそうになった笹森繁三は、ここでぐいと胸を張り、威厳のある口調に変えた。

「大事な財産を分与しようというのだから、わしは、確たる証拠が見たい」

「は――？」

「証拠じゃよ、証拠」

言って、笹森繁三は、「もしあんたが、本当に夏村美保子なら、わしの孫娘じゃ。身内ならこのわしに、身体の、どのような場所を見せても恥ずかしがることはない。わしはあんたの証拠が見たい。脱いでくれるか」

夏村美保子は、覚悟を決めたように、そこで洋服を全部、脱いだ。スリップも、パンティも脱いだ。白昼の大座敷に一糸まとわぬ美貌《びぼう》の女が立つのは、なかなかの迫力のある見ものである。

眼を細めて、眺めていた笹森繁三が、

「うん、いい身体じゃ。しかし遠くて、双門玉がよくわからん。もうちょっと、近う寄ってくれ。そう、わしの顔をまたいでもいいぞ」

老実業家の、この世の見納めとするなら、なるほどそれは、生命冥加《みょうが》な見ものだったかもしれない。

顔の真上に、美保子の股間のアーチを置き、しばらく見入っていた笹森が、

「うむ、間違いない！　赤ん坊の頃の写真に写っているのと、まったく同じじゃ！　美保子、わしはうれしい。たいしたことはできんが、あんたには、今すぐにでもそれ相当の財産を分けたい。絹子、遺産分与の遺言を書くから、紙とペンを持ってきなさい」

そう宣言したのである。

一座が、シーンと静まった時、突然、

「お待ちなさいッ！」

障子の外から、鋭い女の声が響いた。

舞子や岬がそちらを見るよりも早く、障子がぱっと開き、廊下から這入ってきたのは、いつか玄関払いをくっていたあの美しい女であった。

「その女は、偽者よ。そんな黒子なんかに、欺《だま》されちゃ、だめよ！」

そう言い捨てたのである。座に混乱が起きかけたが、笹森繁三はさすがに病床においても、取り乱すことなく、

「ほほう。何度もうちを尋ねていたというのは、あんたらしいが、何か言いたいことがあ

るのかな？」

「あったりまえでしょ。あたしはあんたを憎んでるわ。夏村美保子は、そこの女なんかじゃない。あたしなのよ」

「証拠を見せられるかね？」

「そんなの、簡単よ、これでしょ」

女は平然とスカートをめくり、片足を高くかかげた。はじめからパンティというものは、つけていなかった。女の股間が露骨に見え、薄くけむったようなヘアの下の秘貝の両側に、なんとそこにも同じように、双門玉がくっきりと息づいていたのである。笹森繁三が唸《うな》った時、

「フン、何さ、黒子ぐらい。その女は、整形外科で自分の背中と太腿にあった大きな黒子を取って、女陰の傍に移植したんですからね。嘘だと思うなら、背中と右の太腿を調べるといいわ。その痕《あと》もあるし、整形手術をした病院だって、あたしは調べてるわ」

「で、あんたはどうして、そんなことまで知ってるんだ？」

「あたしこそ、本物の夏村美保子だと言ってるでしょ。三年前まで渋谷のチャーリー・ブラウンで歌っていたのは、このあたしで、そこの女はつい先日から、あそこのステージにあがったばかりよ。それも……あたしになりすまそうとして、渚美帆というあたしのステ

ージ名まで使って……」

女が全部まで言い終わらぬうちだった。

「だ……誰だッ！ ……わしをたぶらかそうとしたのは！」

笹森繁三が誰にむけてともなく怒鳴った。彼はその拍子に身を折り、激しく咳《せ》きこんだほどであった。

「まあ、あなた。お身体にさわりますから」

絹子が笹森の上体を支えて、そっと寝かせようとしている。その顔は上品で、思いやりに充《み》ちている。

貴堂舞子は本当なら伏せたままにしておきたかったが、問題がここまでこじれて発覚した以上は、真実は明かさねばならないと思った。

「絹子さん、ちょっと――」

舞子は絹子を廊下に呼び出した。

「はあ。何か？」

舞子は今日、ここに来るまでに、今、闖入《ちんにゅう》してきた本物の夏村美保子と密《ひそ》かに接触をとり、事実関係を調べあげていたのである。

「絹子さん、あなたなら、わかるわね？」

不意に言われて、絹子は驚き、

「何がでございましょう？」

「笹森会長が幻の孫娘探しに夢中になっているのを知り、ロック歌手をしている自分の娘に黒子の皮膚移植までさせ、夏村美保子になりすませて、莫大な遺産分与を狙おうとしたのは、絹子さん、あなただったわよね。笹森会長には長年、尽くしたのに、妻にもしてもらえず、側女《そばめ》として冷たくされてきた恨みか何かは知らないけど、お年寄りの真情を利用するのは、よくないわよ」

絹子は顔色をかえ、逃げようとした。

「いいえ、逃げなくてもいいのよ。さいわい、本物のシンデレラガールが現われたのでよかったものの、そうでなければ、別人を孫娘と信じこんだまま、笹森会長はあの世にゆくところだったわ。——私も、あなたの奸計《かんけい》については、会長には申しません。母娘とも、潔く引き退《さが》ったほうがいいようね」

舞子は斬《き》り捨てるように、そう言った。

絹子は声もなく、うなだれていた。庭に射《さ》す陽射《ひざ》しが、急にぎらぎらと、初夏とは思えないほど強いものになっていた。

第五章　ビデオの陥穽

1

クリニックのドアが開いた。

入って来た女は聡明《そうめい》そうな女であった。

舞子は机から振りむき、

「いらっしゃい。どうぞ」

診察用の丸椅子《まるいす》を示した。

「何か悩み事を抱えているようね。何なりと、気軽にご相談なさい」

「はい」

蚊のなくような声で俯《うつむ》いた女は、服装はやや地味だが、胸は豊かだし、華奢《きゃしゃ》ながら女っ

ぽい。円《つぶ》らな瞳《ひとみ》や、白い清潔そうなブラウスの着かたのあたりには、清純さが覗《のぞ》く半面、

「あのう……」

と、見あげた顔には、熟れ盛りの凄艶《せいえん》さも匂《にお》う。

あのう……、と言った女は、次の瞬間、

「センセー、私――口惜《くや》しいっ！」

引き絞るような声で、そう、叫んだのであった。

その声はおよそ、お上品な若奥様ふうの挙措《きょそ》には似合わぬものだったし、またそれだけ、切実な口惜しさを背後に滲《にじ》ませてもいた。

「はいはい。何がそう口惜しいのかしら？」

例のごとく、舞子がおっとりと聞くと、

「私、欺《だま》されたんです。ねえ、先生。私を欺した男を捕まえて下さい！」

「男をねえ。当クリニックは、セックス・カウンセリングを専門としておりまして、探偵事務所ではございませんが……」

「先生。……それぐらい、わかっておりますわ。でも、口惜しいんですよ。事はそのセックスに発端があるんです。ビデオ産業のキングといわれる男を、探して下さい。私、知らない間に撮られてしまったんです」

「盗られた？　何を盗まれたんですの？」

「何もかもです。撮られちゃったんです。無修整の、アダルト・ビデオ。あれが全国に出回ったりしたら、あたし、単身赴任中の夫にも知られます。困っちゃう。ああ、どうしよう」

「まあまあ、落ち着いて。ゆっくり事情をお伺いいたしましょうか？」

――中野京子《なかのきようこ》、二十八歳。既婚。経産婦。勤務先の都合により、夫とは別居中。

舞子のカルテの摘要欄には、そういうことがさらさらと書かれていった。

患者の話を要約すると、次のとおりである。


中野京子は結婚して、七年目になる。

夫の敏孝は商事会社勤務だが、二年前から仙台支店長として、単身赴任中だ。京子が夫とともに仙台にゆかなかったのは、杉並区堀ノ内の自宅にいる七十八歳の義母が病気がちで、とても冬の寒い東北では暮らせそうになく、家でその面倒をみるためであった。

家は広い。堀ノ内二丁目の通りから少し奥に入ったところにある。子供が一人いるが、もう幼稚園に通っており、手はかからない。義母の敏江が病気で寝ついていない時は、京子は自然、暇をもてあます身であり、カルチャーセンターに通ったり、スイミング・スクールに通ったりしていた。

しかし、事実上は未亡人暮らし同然である。

そういう遊びでは、満たされないものがある。一つは性的な欲求不満である。もう一つは、女としての心の生き甲斐《がい》のなさであった。立派な家もあり、生活は何不自由なく満たされているが、短大時代の友達の多くが、生き生きとOL生活をしながら、社内情事の自慢をしたり、共稼ぎをしたり、家庭にいる友達でも彫金やドライフラワー作りなど、手に職を持って内職をしたりしているのを見ると、自分も何か一つ、仕事をしたいと思うようになった。

現実問題、六年前に老朽家屋を壊して家を新築する際に借りたローンが、二千万円近くもあって、その支払いに追われていた。都心部の豪邸に住む、どう見ても、恵まれた若奥様ふうの生活は、しかし見た目ほど、楽ではないのである。

京子の家にはスポーツ紙が宅配されていた。

夫の敏孝が以前から、とっていたものだが、夫が仙台に赴任したあとも、新聞販売店に断わるのが面倒で、そのままになっていた。

京子よりも義母の敏江のほうが、芸能面が好きでよく読んでいる。それで、打ち切りづらかったのだが、京子も暇な時に、中面をひらいて楽しんだりする。

ある日、何気なく総合広告面に眼がいった。新聞の三行広告は社会の縮図、と昔からよくいわれるが、とくに大衆夕刊紙やスポーツ紙の求人広告欄は、まさに社会の縮図である。大きな広告枠をとっているのは、ソープやキャバクラやデートクラブの求人広告であり、日給日払い二万円保証なんてのもあるし、テレフォンクラブ案内や、風俗営業案内、板前やバーテン募集と、さまざまである。

なかには〝美少年を求む〟というのもある。何者が美少年の求人主かは知らないが、恐らくはその筋の趣味を持つ金持ちかゲイバーに違いない。

京子は、自分の知らない社会の窓を覗くような気持ちで、時々、そんなリクルートページの隅々を、冷やかし気分で眺めたりしていた。

「何か、いいアルバイトないかなー」

そういう下心があったせいかもしれない。

「あら、面白そうじゃない」

ある朝、京子は一つの広告に目を止めた。

——アルバイト可。人妻、未亡人にできる簡単業務。あなたをリフレッシュするリッチなビジネス……。

そんな大きなゴチック文字が、眼についた。それから、「マイカーお持ちのファースト・レディに好適の副業です。一週間に二日間だけ働いて、高給保証。訪問販売の新機軸です。月二十万円にはなります。チャレンジ精神旺盛《おうせい》なあなたのご応募を待つ。委細面談、即決。東京ドリーム産業」

そうあった。その下に、面談日時と場所と電話番号が、載せてあった。

それによると、面接は来週の月曜日ということになっていた。

京子は少し、迷った。文面だけでは業務内容はよくわからなかったが、保険のセールスのような仕事ではないことは、確かである。訪問販売の新機軸、とあるのは化粧品の販売員のような仕事なのだろうか。それにしても、週に二日間出て、月二十万円という収入は凄《すご》い！

そこまで考えると、決心するのに、あまり時間はかからなかった。

「いいじゃない。面白そう！　冷やかし気分で、ちょっと応募しに行ってみようかしら！」

2

その日は、三月下旬の曇り空の日であった。

京子は少しおめかしをして、家を出た。服もオスカー・デ・ラ・レンタのワインカラーのシルクサテンのスーツという、とっておきのブランドもので決めこんだ。たくさん応募してきているかもしれない他の女たちに、負けたくはなかったのである。

京子はバッグの中に、新聞広告の切り抜きを入れておいた。指定された午後一時よりも少し前に、山手線で日暮里駅に着いた。

——日暮里駅徒歩五分、「東京ドリーム産業」と書かれていたが、その駅前に降りてみて、まわりを見回したが、「東京ドリーム産業」という看板や目印のあるビルはどこにも見あたらない。京子が切り抜いてきた広告には、道順を示した地図も、ついてはいないのだった。

京子はそこで、最初の戸惑いを覚えた。委細面談、即決となっているが、どうして「東京ドリーム産業」という会社を探したらいいのか。大勢の求人者が列を作って並んでいる、という光景を何となく想像してやってきただけに、ちょっとあてがはずれたような気がしたのだ。

困ったが、すぐに自分の迂闊《うかつ》さに気づいた。電話番号が広告の中に載っているのである。

(あ、そうか。電話をすれば、わかるんだわ)

気づいて、京子は駅前の電話ボックスに入り、十円玉を落としてプッシュを押した。

信号音三回で、受話器が持ちあげられ、

「はい、ドリーム産業ですが」

中年の品のいい男性の声が応じた。

「私、新聞広告を見てアルバイトに応募しにきたんですけど、道順がわからなくて」

すると、相手は、

「いま、どちらにいらっしゃいます？」

「日暮里駅前の公衆電話ですが」

「あ、そう。それなら近くですから、お迎えにあがりましょう。しばらく、そこでお待ち下さい」

「それではあんまりですから、道順さえ教えていただければ」

「なあに、車で迎えにあがりますから、すぐです。失礼ですが、お名前と服装などを教えて下さい」

京子は、自分の名前と服装を説明しながら、取っておきのワインカラーの新調スーツでドレスアップしてきてよかった、と思った。

京子が電話ボックスの前で四、五分、待っていると、一台の真新しいホンダ・プレリュードが近づいてきて停《と》まり、

「中野京子さんですね」

銀髪の品のいい中年紳士が、運転席の窓をあけて、話しかけてきた。

「はい、中野ですが」

「私、ドリーム産業の社長の香川《かがわ》と申します」

「あらあ……社長さんが……わざわざお迎え下さって恐縮です」

京子は恐縮すると同時に、妙に華やいだ気分になった。

最近は、社長みずからがテレビのコマーシャルに出て、喜劇役者もどきに視聴者を笑わせたり、世の中にしゃしゃり出てくる時代である。応募者をわざわざ車で出迎えに現われた社長のありようは、あまり大きくもないであろうドリーム産業というものの会社の実情を垣間見《かいまみ》たようで、京子はすっかり気が楽になったのである。

「実は、会社が狭いところに、応募者が殺到しましてね。入りきれないものですから、会社で受け付けた分については人事担当者に任せ、その他の応募者については今、手分けをしてこういう具合に個別に面接をしようとしているわけです。——とりあえず、近くに準備している会場にご案内しますから、どうぞお乗り下さい」

後部座席のドアがあけられた。

京子がその車に乗ったのは、もちろんである。

車はすぐにスタートして、上野のほうにむかった。

「業務内容のご説明と、みなさまに取り扱っていただく商品のご説明をいたしたく、私どもがふだん懇意にしている鶯谷《うぐいすだに》の旅館を用意しております」

銀髪の紳士は物静かな言葉で説明しながら、車を運転してゆく。道も空《す》いていたので、四、五分もしないでその大きな旅館の地下駐車場にすべりこんだ。

「さ、参りましょうか。これが、私どもの営業品目でしてね。テープ・デッキだけがちょっと荷物ですが、あとは軽いものです」

そう言って銀髪の紳士は、アタッシェケースのようなものを一個提《さ》げて車から降り、フロントを入った。

「テープ・デッキといいますと？」

「ビデオ・ソフトをセットするやつです。未来産業はもう、活字の時代ではない。ビデオの時代です。映画、アニメ、音楽、実用、企業情報……と、ビデオ・ソフトはいろいろありますが、今、爆発的な人気を呼んでいるのが、私どものBGV《バックグラウンドビデオ》と呼ばれる分野です」

香川篤信《あつのぶ》と名のった社長は、さすがに行動派社長らしく、フロントに入ってエレベーターに乗っている間も、廊下を歩いている間も、のべつ幕なしに、激増するビデオ・ソフト産業の未来像というものについて、格調高い論旨で喋《しやべ》りまくっているのであった。

そんな最先端の分野なら、いったい、自分はどのような仕事をやればいいのだろう、と京子は不安になり、また内心、期待も高めているうち二人は面接会場と称する部屋に入っていた。

「さ、そこのソファにお楽になさい。みなさま方にお願いする仕事は、気楽にできる仕事です。まず、その商品を観ていただきましょうか」

香川篤信は人品いやしからざる物腰で、てきぱきと動いて、携えてきたビデオ・デッキをテーブルの上に置くと、部屋のテレビにBGVというものをセットした。

「……文明が高度化するにつれ、人間関係や仕事の軋轢《あつれき》が高まって、現代人は日常的にストレスの脅威にさらされております。あるいは達成願望が充分に満たされなかった時、人間は苛々《いらいら》し、ちょっとした刺激で興奮し、内臓病を蓄積させます。そうしたストレスを解消するための体感音響、視覚リフレッシュナーとして売りだし、今、爆発的に売れているのが、このBGVです。ご覧下さい」

セットされたビデオは、有名なある大手音響メーカー制作の七十六分、一本一万円の「冬の旅」。これはシューベルトの名曲集に、ヨーロッパの冬景色や、北海道、富良野の雪景色などを美しく、見事に編集したもので、何ということはない、BGMが音楽だけであるのに対して、ＢＧＶには映像がついているというわけであり、「東京ドリーム産業」は、こういうビデオ・ソフトを開発したり、販売したりしているのであろうか。

京子が、シューベルトの体感音響なる「冬の旅」にうっとり魅入っている間、香川は気さくに動いて、お茶などを用意している。

「どうぞ、お飲み下さい。これからおいおい、わが社の業務内容をお話しします」

気がついてみると、その部屋は二人だけであった。そしてその部屋は、ごくふつうの旅館の一室であり、つまりはラブホテルの一室といっていい趣きがあった。

（面接会場にしては、ちょっと変ね）

だが京子は、シューベルトの「冬の旅」を聴きながら、人品いやしからざる銀髪の紳士が、次々に鞄《かばん》からテープを取りだすのを眺め、これからいよいよ「業務内容」と「商品説明」がはじまるのだと思って、心持ち緊張していたので、それ以上、その部屋でのありように疑いを深めはしなかったのである。

「だいたい、ご見当がつかれたことと思いますが、わが東京ドリーム産業は、主としてビデオ・ソフトの企画、開発、制作、販売をいたしております。その製品は大きくわけて、ＡＢＣの三グループがあり、今流しているＢＧＶや映画、音楽関係のビデオ・ソフトをＣグループと称しています。それに、Ｂグループ、Ａグループという高級なものがありまして、おいおいお見せしますが、現在、うちの社でもっとも必要としているのは、社外モニターです。つまり、本日、ご応募いただきました奥様方には、まず、ビデオの社外モニターになっていただき、その先、もしご希望でしたら、訪問販売に従事するチャーム・レディになっていただきたいと思っているわけです」

社外モニターときいて、京子はひどく知的で洗練された仕事を想像して、わくわくするときめきを覚えた。

「モニターといえば、難しいのじゃありませんか？」

京子は緊張して、思わず眼の前にさしだされていた茶碗を取りあげた。よほど吟味された玉露らしく、とろりとした甘酸《ず》っぱい液体が、口から喉《のど》にすべりよく流れこんでゆく。

「いいえ、モニターはたいして難しくはありません。今、ご覧に入れます商品について、率直な感想を書いていただければいいのです」

香川はビデオを取りかえ、スイッチを入れた。

「さて、これからお見せするものが、Bグループです。ふつうの上流家庭の女性が見て、どうご覧になったか、そのご感想を率直に報告して下されば、一本につき五千円をお支払いいたします。週に十本ずつとしても、一か月に約四十本は見ていただきますので、二十万円になるというのは、本当です。もしご希望でしたら、それ以上、何十本ご覧になってもかまいません」

説明する香川の顔から、何気なくブラウン管のほうに眼を移した時、あっと、京子は息を飲み、声をあげそうになった。

話には聞いていたが、深窓の令夫人である中野京子が、アダルト・ビデオと呼ばれるものを見るのは、はじめてなのであった。登場する男女一組の物語はそこそこに、冒頭から裸の若い男女がベッドの上で抱きあい、猛烈な相互愛撫をやっている。クンニリングスもあれば、フェラチオもあれば、バックスタイルからの挿入もあった。

「まあ……ッ！」

京子は怒るよりも、呆気《あっけ》にとられ、度肝を抜かれてしまった。あわてて眼をそむけようとしても、つい、ちらちら見てしまう。

ものの四、五分も見ているうち、京子はカーッと頭に血がのぼってきて、喉が渇きはじめ、動悸《どうき》が激しくなって、腰が抜けそうになりかけていた。

身体の奥が、じわっと濡《ぬ》れてくるのがわかった。

理屈ぬきに性感を直撃されて、隠そうとしても隠せないほどの、興奮状態に襲われていたのである。

やたらに喉が渇くので、茶碗に手をのばして、どろりとして緑色の玉露のようなお茶を飲んだ。

「奥様、いかがです？」

「あ。いえ……感想といっても……」

京子は首筋をまっ赤に染めて、しどろもどろに答え、腰をもじもじさせた。

「この種のアダルト・ビデオは、ビデオ倫理委員会の検閲を受けた、いわゆるボカシものです。ほら、男女の交接部分が、モザイク模様でぼかされていますね。この手のものをBグループと称します。最後のAグループは、これからお見せするもので、無修整、ボカシなしの本番ビデオのことでございます」

「あ……いえ……もう……あたくし……」

これ以上、刺激の強いものを見せられると、どうかなりそう。変になりそう。自分を見失ってしまいそう。

それを惧《おそ》れて、京子はあわてて鑑賞辞退の声をあげたような気がするが、しかし次の本番ビデオがはじまると、ついつい、また眼がそちらに吸いつけられてしまう。

「まあ……凄ーい」

照れ隠しに、はしたない声をあげてみたりする。

男女の交接部分も、はっきり見える。

京子にはどぎつすぎて、少し強烈すぎる印象であった。

なにしろ、京子は半年間、夫と接触してはいないのである。密《ひそ》かに、不倫願望を持ちながらも、そういう機会にも恵まれずに、悶々《もんもん》としていた令夫人である。

出口を求めて噴きだしそうだった本能の火脈が、つい眼の前で次第に見せられる密室のアダルト・ビデオによって堰《せき》を切ったように、京子の身体の中で解き放され、悶《もだ》えはじめていた。女の秘奥がもうぐっしょりと花びらを開いているのを感じて、とても恥ずかしい思いを怺《こら》えた。

それに、飲んでいた玉露ふうのお茶にも、もしかしたら、催淫《さいいん》剤めいたものが溶かされていたのかもしれない。頭にぼうっとした霧がかかったような状態になっていた。

だから、京子は、三本目の無修整ビデオが上映されている途中、傍にきた香川篤信によって、後ろからそっと抱かれ、乳房を揉《も》まれた時、ああッ、という声をあげて身をよじろうとしただけで、それ以上の強い抵抗を示す意志を失いかけていた。

「いかがです、奥様。社外モニターのお仕事、できますでしょうか」

「は……はあ……それは……でも」

「奥様なら、大丈夫ですよ。すてきなモニター原稿を、お待ちしています」

……次第に、男の声が、遠くきこえてくるようになっていた。突然、京子の五体ががくん、とだるくなり、力が抜けたような気分の中で、欲情だけが激しく湧《わ》き起こってきて、頭の中で赤い霧が殴りつけるように、渦巻きはじめていた。

「——あ……な……何をなさるんです」

香川の手が乳房から全身に及びはじめた時、京子の声は、やっとそれだけを絞りだしたような気がする。

京子はもう、香川という銀髪の紳士に抱かれ、甘い蜜《みつ》のような唇で、自分の朱《あか》い唇をふさがれていたのであった。

3

——診察室に妙に熱い、短い沈黙が訪れていた。

「それで、ずるずると……?」

舞子が聞くと、香川との最初の交合がいかによかったかを語り終えた京子は、まだ興奮覚めやらぬ、という顔で、

「はあ」

と俯き、「あたくし、それで……それから、ビデオの社外モニターというものになった

んです」

「それじゃ、あなただって油断していたんだし、いい思いをしたんだし、男に欺された、と言って大騒ぎするほどのことは、ないじゃありませんか」

舞子は少し意地悪かな、と思いながらも、率直な感想をのべた。実際、男女の性的トラブルの中には、女のほうに隙《すき》がありながら、あるいは下心がありながら、あとで欺されたと騒ぎたてる場合も多いのである。

たしかに、中野京子の場合は、香川というその男が薬まで飲ませたとすれば、卑怯《ひきょう》である。犯罪そのものである。

しかし、旅館の一室に入って、ビデオまで見たのなら、いくら求人広告の応募という方法で釣られたとはいえ、途中で男の下心に気づいてしかるべきであり、完全な「和姦《わかん》」である。

もし、それが本当にいやだったのなら、旅館の一室に入る前に、もっと早く逃げる方法が、いくらでもあったはずだからである。

舞子の言葉によって、京子は痛いところを突かれた、というふうに、ほんの少しもじもじしていた。

「で、その高額収入保証、というお仕事のほうは、いったいどうなったの？」

「はい。あたくし……それから、その社外モニターというものを、はじめました。香川と肉体関係まで生じた以上、どうせなら、しっかりモニターで、お金を稼ごうと思ったんです」

「それじゃ、ますます、文句はないじゃないの。収入もちゃんと、約束どおり支払われたんでしょ？」

「はい。受け取りました。でも、二か月も経《た》つと、社外モニターの仕事だけでは片づかなくなったんです」

「どういうこと？」

「だんだんと、深みにはまっちゃって……」

「不倫の深み？」

「いいえ。それだけではなく、社外モニターや、ビデオの訪問販売員というものになったりして、今流行のアダルト・ビデオ・ソフト産業の妙な泥沼に、ずるずると……」

「詳しくお伺いしましょうか」

——中野京子の話は、鶯谷の旅館の一室で、その上品な銀髪の紳士にもてあそばれたという話で終わってはいないのである。

最初の日、失神した情事の床で京子が眼を覚ますと、もう夕方になっていた。はっとして身を起こすと、襖《ふすま》一枚へだてた隣の部屋で、まだ東京ドリーム産業の社長、香川篤信が座ってお茶を飲んでいた。

その後ろ姿を見た瞬間、なんとなく京子は、ほっとしたのを憶《おぼ》えている。広告につられて蜜の罠《わな》にはまって、もてあそばれて、男はドロンしただけでは、あまりにもみじめな話である。

「奥さん、お目覚めですか?」

香川はもう洋服に着がえていて、また銀髪の、落ち着いた上品な紳士に戻っていた。

「よかったら、お風呂《ふろ》を使っていらっしゃい。これからお願いするお仕事の話に、戻りましょう」

ばかに落ち着いている。でもそれでかえって、京子は安心した。

どうやら、広告に偽りはなかったらしい。京子が風呂からあがって、化粧を直し、服を着終えると、香川は幾つかのビデオ類を分類しながら、調査用紙や原稿用紙をひとまとめにして渡し、

「毎週十本は、ビデオを見て下さい。この用紙に、それぞれの感想や評価点。よいところや悪いところのご指摘、一番興奮したシーンや、つまらないと思ったシーンなどのご指摘。

これからのアダルト・ビデオ制作に対するご助言などをお書き下さい」

一本、感想を書くと五千円。週に十本見て月に二十万円もの収入があるのでは、張り切らざるを得ない。

最初はとりあえず、十本のビデオを預かり、モニター用の書類一式を受け取ることになった。

「で、書いたものは郵便でお送りするんですか？」

「ビデオはかさばるので、私のほうで取りに伺いましょうか」

「自宅にですか？」

「ええ。杉並区堀ノ内でしたね」

「あ、――でも、それは……」

義母の眼が光っている自宅に、すでに肉体関係の生じた男性の訪問を受けてはならない。社外モニターの仕事を媒介としているとはいえ、どんなに偽っても、義母の眼はごまかせはしないであろう。

それに、モニターの、物が物、である。

「じゃ、お近くの喫茶店でも？」

「それも、困ります。私のほうで、会社にお届けいたします」

「あ、それはうれしいですね。届けていただくのは助かる。じゃ、どうです。会社ではゆっくりモニターを拝見できませんから毎週一回、ここで落ちあう、という手順ではいかがでしょう」

少し冷静に考えれば、旅館の一室でモニターを受け渡す、というのはおかしい。純粋にビジネスライクに、社外モニターの調査用紙やビデオの受け渡しをつづけるだけなら、会社できちんと、やるべきである。

京子にだって、それぐらいは当然わかっていたのだ。が、香川のその奇妙な申し出に、頷《うなず》いてしまったのは、先刻の情事があまりにも素晴らしかったからかもしれない。また今度も、そういう目にあえるかもしれない、という極秘の不倫情事への、期待があったからかもしれない。

——ともかく、話はそういうことになった。

それから、中野京子のドリーム産業の社外モニターとしての仕事がはじまった。

その仕事も、考えてみれば不思議な仕事だった。良家の人妻が、今まで一度も見たこともなかったアダルト・ビデオを、一生懸命、仕事として見なければならない。それも、昼間は義母の眼があるので、夜、子供を寝かしつけたあと、二階の自分の部屋を暗く閉めきって、こっそりとである。

一本見るたびに、興奮が鎮まらない。

三本目ぐらいになると、腰をもじもじさせ、喘《あえ》ぎ声を洩《も》らし、ひとりでに指が股間《こかん》に動いて、オナニーをしている。

アダルト・ビデオの市場はそもそも、ホテル用だけではなく、独身男性用のオナペットとして、売れているのである。つい、そうしたくなるのは、何も男性ばかりではないのである。

女芯《にょしん》を濡らす日がつづいた。

一人での自慰だから、いっそう悶々とする。

一週間後、京子はモニター原稿と十本のビデオを携えて、鶯谷のいつぞやの旅館に届けに行った。

香川は、先に来てその部屋に待っていた。

「どれ、モニター結果を拝見いたしましょうか。そうそう、ビデオと照合しなければなりませんね」

ここでもまたビデオをセットし、香川は一本ずつ、調査用紙や感想文とにらめっこしながら、

「あ、なるほど。女性はこういうところで感じるんですか」

しきりに感心したり、納得した顔をする。

「で、どれが一番、オナニーしたくなりましたか」

なにしろ、月二十万円の収入がかかっている。京子は一生懸命、試験官に答えなければならない。

「あのう……ほら、愛川志保さんの……」

「ああ、和服二重奏ね。そんなによかったですか。たしか、こんなふうでしたか」

――いつのまにか、香川が後ろに来て、胸許《むなもと》を後ろ抱きにして、乳房を揉んでいるのであった。

そうなるともう、前回と同じである。緑色のどろっとした飲み物の助けさえも、二度目からはもう、必要ではなかった。

慣れあった者同士の獣の時間。それも前回よりも、もっと濃密なそれが、その密室で展開される……。

そういうことが、一か月つづいた。

週一にしても、四回、抱きあったことになる。

その四回目の情事のあと、香川が今度はまた、新しい提案をした。

「この一か月間で奥さんもだいぶ、商品知識を身につけられましたね。これなら、もう大丈夫だ。そろそろ、本来のチャーム・レディのお仕事についてみませんか?」

どうやら、社外モニターの仕事は、そのモニター自体にも意味があるが、それより京子に「商品知識」を身につけさせるための「研修期間」でもあったらしかった。

新しい仕事というのは、アダルト・ビデオの秘密訪問販売員の仕事であった。

現在、レンタル産業が急成長して、都内には貸ビデオ屋が全盛期である。アニメ、映画、音楽などふつうのビデオはもちろん、ビデオ倫理委員会のチェックを受けたものについては、アダルト・ビデオも、店頭にたくさん置いてある。

そういう貸ビデオ屋のネットワークは、通常の流通ルートにのせて、東京ドリーム産業も安全に「出荷」「販売」しているが、それ以外の裏ルートこそ実は大変な儲《もう》け口であるらしい。

この裏ルートは、ふつうのアダルト・ビデオも多いが、検閲なしの無修整ビデオのほうが喜ばれる。システムは、今や「買い取り」より「レンタル」制が主流だ。つまり「一本一泊千五百円」という値段で、十本ぐらいまとめて一週間ずつ、回転させてゆくのである。

需要者は多い。都内や郊外、周辺各県の貸ビデオ屋、スナック、バー、酒場、クラブなどをはじめ、個人の好事家《こうずか》、マニアグループ、秘密鑑賞会組織など、多種多様だ。そうした需要家を相手に、マイカーに百巻、二百巻のビデオを積んで、お得意回りをするのが、

「カバン屋」である。このカバン屋はふつう、男だが、最近では色気たっぷりの、一見「若奥様ふう」の美人が、秘密鑑賞会の際にコンパニオンや、商品ガイド役などを務めて、セールス・レディとして、もてもてなのである。

東京ドリーム産業でも、全国を股にかけて車でセールスして回る「地方回り」のセールスマンは、それ専門の二十人の営業マンがいるが、都内、それもすでに流通ルートの確立した分は、マイカーを持っている素人の女性でも充分、配達できるし、そのほうが人気があるとして、京子のような美人アルバイターを選んで、二十人ぐらいの秘密スタッフを編成している。

中野京子も、結局はモニターより高い収入になるそちらのほうに投入され、毎週二回、「女カバン屋」として都内のバー、クラブ、スナックなどに裏口から届けたり、回収したり、個人の趣味家の屋敷にあがって、秘密鑑賞会のコンパニオンを務めたりしはじめたという。

ところが、六月に入ったある深夜、吉祥寺の「LeNu《レニュー》」というスナックの前まで来た時、店の前に黒山の人だかりがしているのに、中野京子はぶつかった。

そのスナックも、お得意の一軒であった。その日、閉店後の午前一時から、裏ビデオの秘密鑑賞会が開かれることになっていた。そのためのビデオを二十巻、京子は車に積んで届けようとしたところだったが、道路がガス工事と事故のため渋滞して、一時間近くも遅れて、到着したのであった。

すると、黒山の人だかり。もしや、自分が届けるのが遅れたので、店のマスターたちはストックのビデオを使って、時間どおりに常連たちを相手の秘密鑑賞会でもはじめているうち、手入れでも受けたのではないか……。

京子は不吉な予感がした。車を降りて恐る恐る黒山の人だかりのほうに近づいてみると、案の定、裏ビデオ鑑賞会を摘発するため、警察が踏み込んだらしいことが判明した。

緑の教育文化風紀地区をめざす吉祥寺の地元での、不埒《ふらち》な秘密サロンはけしからん、というわけで、刑事や武蔵野署員が踏み込み、マスターやママ、集まっていた常連客などが逮捕されて、数珠つなぎになって、ドアから引きだされてくるのを見て、京子は蒼《あお》くなった。

考えてみるまでもなく、自分のやっていることは、不法行為なのである。夫にばれたら大変なことになる。

京子は怖じ気《おけ》づいて車に戻り、大急ぎで現場を離れた。そして翌日、日暮里の会社まで行って、社長の香川篤信に面会を求め、吉祥寺での事情を話し、テープ二十巻を突き返した。

「私、恐《こわ》くなりました。カバン屋をやめさせていただきますので、これまでの二か月分のお給料を下さい」

するとと、香川がじろっと睨《にら》み、

「奥さん、そんなこと言って、いいのかな」

今までの上品な銀髪の紳士には似合わない素顔を、はじめて香川は垣間見せた。

「どういう意味です」

「カバン屋は危険な商売であることは、はじめからわかりきったことだ。だから若い者やギャルには務まらんのだ。信用と秘密の保てる人妻や正社員でないとな。つまり、あんたは足抜けができない、と言ってるんだよ」

「そんな無茶な。私はもう、いやです」

「奥さん、あんたにはちっとも事態の本質がわかっとらんようだな。よろしい。お見せしよう。こっちに来なさい」

香川は一階奥の試写室に連れていった。

薄暗い部屋であった。香川と二人きりであった。香川がテレビに、ビデオをセットした。

上映されはじめたブラウン管を見た瞬間、

――あッ！

と、京子は、悲鳴をあげそうになった。

「惑い」というタイトルのある裏ビデオだった。全裸で男ともつれあっている生録のビデオの女は、中野京子自身ではないか。鶯谷の旅館で何回も、香川と交わしていた情事を、そっくりそのまま、盗み撮りされて、男の顔が見えないように、上手に編集されて一本のビデオ作品として、完成されていたのであった。

「どうです? このビデオは、まだ市販はしていないが、あなたがどうしても足抜けする、というのなら、今すぐにでも市販品のほうにまわしますよ。ほら、このとおり、あなたのよがり顔がはっきりと、写っているやつをね」

——顔から血の気が失せ、香川の言葉を全部まで聞かず、中野京子は、日暮里のそのビルを飛びだした。

「——先生。そういうわけなんです。私は、警察に捕まるようなことは、もう二度と、したくはありません。でも、あの生録ビデオがある以上、私は夜も安心して眠れません。二か月分のお給料だって、まだ貰《もら》っていません。お願い、私を助けて下さい」

——中野京子の、長い話は終わった。

舞子は聞き終えて、窓際に立った。

中野京子の怒りと相談は、帰するところ、次の三点である。

一つは、三か月にわたってもてあそばれた香川篤信という社長への怒りであり、二つめは、チャーム・レディとしてビデオを宅配してまわった報酬二か月分、六十万円の不払い。そして、三つめは、無断で撮られた無修整ビデオを取り戻すことであった。一つめは、まあ、京子も楽しんだのだから、不問に付すしかないとみるのが、世の中の常識である。

問題は、二つめの賃金不払いと盗撮ビデオであろう。とくに、最後のビデオは、取り戻してやらねば、たしかに人妻・京子にとっては可哀相《かわいそう》な問題であった。

牝猫《めすねこ》女医探偵としては、出動するしかないようであった。

舞子は、窓際からくるっと振りむき、京子に言った。

「わかったわ。その盗撮ビデオと未収金、私たちが取り返してあげますから、その香川篤信という男の、連絡先や会社の電話番号を、教えてちょうだい」

――女必殺仕置人の出動であった。

4

翌日から舞子は、調査をはじめた。

暦はもう、七月に入っていた。東京ドリーム産業に関する予備調査を終えて、助手の岬慎吾にスプリンターを運転させ、きいていた日暮里の住所に行ってみると、その会社は、日暮里駅近くの雑居ビルの一、二階フロアを占めている結構、大きな会社であった。近くの喫茶店に入って、様子を窺《うかが》ってみた。

そのビルの表には、ドリーム産業の社名を記したワゴン車や、ロケバスなどが横づけされているところをみると、「東京ドリーム産業」は下請けにだすだけではなく、自社でも各種のビデオ・ソフトを制作しているようであった。

舞子たちの予備調査によると、東京ドリーム産業は資本金三千万円、従業員三十人足らずの小企業である。だが、ビデオ業界では結構、知られているらしい。社外モニターや販売員募集の広告は、正規の社業としてやっており、その中から中野京子のような人妻ふうのいい女がいると、「チャーム・レディ」に仕立てるため、社長の香川篤信が出馬して、予備教育から仕込みまでをやっているらしい。

もっとも、応募者を「旅館」に連れこんで「教育」するのは、いささか香川の個人的な趣味・嗜好《しこう》分野の独断専行のきらいがあって、

「あんなことをやっていると、今に社長は婦女暴行罪で訴えられるんじゃないのか……」

と、社員らは戦々恐々としているようである。

「そうすると、女喰いは香川の犯罪。企業ぐるみの陰謀というわけではなさそうね。まず香川という社長を、徹底的にとっちめてやりましょう！」

舞子は、そういう方針をたてていた。

だがその前に、中野京子が撮られているという「惑い」というビデオが今、何本ぐらい「商品化」されていて、どこにどうあるのかを突きとめることであった。

「岬くん。そろそろ、いいかもね。行ってらっしゃい」

午後一時すぎ、香川らしい銀髪の紳士が昼食から戻って、ビルの中に入ってゆくのを見届けてから、舞子はテーブルのむかいに座っている岬慎吾を促した。

「下っ端社員を相手にしてはだめよ。あの香川という社長に直々に面談を求めて、直談判をしたほうがいいと思えるわね」

岬は大きなアタッシェケースを提げて、立ちあがった。

「院長は？」

「私はあとで出動するわ。例の……ほら……応募者の電話をかけてね」

「じゃ、一足先に様子を見てきます」

「気をつけてね。社長と対面したら、胸を張って、札束をちらつかせて、評判の〈惑い〉というビデオを二百巻ばかり買う、と言えば、むこうは下にも置かないもてなしをするはずだから」

岬慎吾には、関西のある筋の闇《やみ》の捌《さば》き屋の元締め——というふれこみで訪問させることにしているので、彼は今日はサングラスなどをして、いっぱしの「ビデオ・ブローカー」という恰好《かっこう》をしていた。

岬はその〝商談〟の中で、中野京子が撮られている「惑い」というビデオの市販化の進行具合や在庫数、所在などをそれとなく突きとめてくるはずであった。

(さて、これでよし……)

岬が東京ドリーム産業のビルに入ってゆくのを見届けてから、舞子は立ちあがって、喫茶店の化粧室に入った。

鏡の前に立って、精一杯、おめかしをした。

岬の次は、舞子の出番なのである。

その手順は、もう考えていた。

中野京子から相談を受けた日以来、クリニックのスタッフである照美、聡子、岬らを総動員して毎日、すべてのスポーツ紙や夕刊を買い込んできて、その広告欄をしらみつぶしに探したところ、三日後の昨日になって、ついに、中野京子が話していたのと同じ広告を、スポーツ紙の片隅に発見したのである。

——アルバイト可。人妻、未亡人に最適なリッチな副業……という例の、婦人募集広告である。

面接日は昨日であったが、なに、かまったことはない。舞子が上手に電話をすれば、あの女喰い社長は、今日だって必ず出てくるはずであった。

それにしても、と舞子は思う。最近、「主婦心身症」なるものがふえているのだという。

男女雇用機会均等法が施行されて、三年目になる。今や宇宙飛行士、白バイ隊員、船長など、女性の社会進出が目覚ましい。ファッション界や芸能界、文化界ではもちろん、あらゆる企業や役所、工場、職場などで、女性は男性同様に活躍し、その社会的地位も目覚ましく向上しつつある。

その半面、こうした社会進出を果たせなかった一般主婦層、いわゆる「完全専業主婦」の間に、取り残されたイライラやストレスがふえているようなのである。

家事と育児のあけくれだけで、家庭に埋もれてしまってよいのだろうか。このまま私の一生が終わるのかと思うとたまらない……という、中年女性の不安や不満やストレスを総称して、「主婦心身症」というらしい。

中野京子ももしかしたら、そういうタイプだったのかもしれない。「何か仕事をしたい」「社会進出をしたい」「輝かしい時間をもちたい」という「主婦レッシュ」欲求がこうじて、広告につられて、思わぬビデオ産業の罠、落とし穴に陥ちたのかもしれない。

舞子が化粧室から出て席に戻って三十分ぐらい経った頃《ころ》、岬がその「ルノアール」という喫茶店に戻ってきた。

「どうだった?」

「凄いビデオでしたよ」

「何が?」

「惑い、というやつ。さわりの部分を試写室で見せてくれたんですがね。あの中野京子という人妻、たいへんな好きものですよ。演技指導なしで、あれだけ乱れたさまを見せるんじゃあ」

「岬くん! 依頼人のことを悪く言うもんじゃありません」

「アッ、すみません。——そうそう、そのビデオ、助かったことにまだ市販はしていないそうですよ。三百本ぐらい、ダビングして本社の在庫品として眠らせているけど、前評判が高いので、これから二千本ぐらい増やして、大々的に宣伝して、売りだそうとしているところという話でしたね」

「じゃ、まだ間にあったわけね。よーし」

中野京子が入ったと思えるその透明な電話ボックスは、梅雨時の湿った風が吹き抜ける駅前広場の柳の街路樹の下にあった。

二十分後、舞子はその電話ボックスに入った。

広告にある電話番号をプッシュした。

「はい。ドリーム産業ですが」

「私、新聞広告を見て応募しに来た者ですけど、道順を教えて下さい」

舞子は、しおらしい声で言った。

「少々、お待ち下さい」

電話の声が、若い男から中年の落ち着いた紳士の声に代わり、

「今、どちらでしょう?」

「日暮里駅前の電話ボックスですけど……あのアルバイトの募集は、もう締め切られたのでしょうか」

舞子が不安そうに訊《き》くと、

「いいえ、まだ受け付けております。今、お迎えにあがりますから、お名前と服装を教えて下さい」

すべてがまったく、中野京子の話と同じであった。舞子が電話ボックスの前に佇《たたず》んで、

五分ぐらい経つと、やがてブルーのホンダ・プレリュードがすべるように、噴水のロータリーをまわって現われ、舞子のすぐ傍で停まった。

銀髪の紳士の顔が窓から現われ、

「坂野舞子さんですか？」

「はい、そうですが」

舞子は坂野、という仮名を使っていた。

「どうぞ。面接会場にご案内いたします」

品のいい銀髪の紳士は、舞子がまさか囮《おとり》捜査官とも知らず、いい餌《えさ》が現われたとばかり、よだれを垂らしそうな顔で、後ろの座席のドアをあけた。

「申し訳ございません」

舞子はリアシートに乗った。

車はすべりだし、五、六分も走らないうちに、鶯谷の大きな旅館の地下駐車場にすべりこんだ。

舞子はその旅館のフロントに入る時、ちょっと立ち止まり、もじもじする風情を見せた。

「まあ……こんなところに入るんですか？」

「ええ。面接会場を用意しております」

「だって、ここ、ラブホテルでしょ」

「厳粛な面接会場でございます」

「そんなこと言っちゃってえ」

ぶつ真似《まね》をして舞子が腕をとると、香川は気圧され気味ながらも、たいそう満足した様子で、舞子の腰を抱いてフロントを入った。

香川は部屋に入ると、ビデオをセットした。例の体感音響やストレス解消のBGVの講釈をつづけながらの「冬の旅」であった。これは、まず誘いこんだ女性の警戒心を解かすための、お上品な手段だと思える。

「ゆっくりごらん下さい。今、お茶を入れます」

かたわら、自分で動いて、お茶を運んでくるところまでが、京子の話とまったく同じであった。

ただ違うところは、京子はそのお茶を飲んだが、舞子は飲まずに、上手に「証拠品」として残すため、テーブルの下のサンプル容器に、流しこんだことである。

いつのまにか、ビデオが変わって、アダルトものになっていた。画面にもつれあう男女を見ながら、舞子の眼はとろんとして、香川にむけられていた。

「ずい分なビデオですわねえ」

「そうそう。あなた方には、まずこういうビデオの社外モニターになっていただこうかと思いましてね」

いつのまにか、香川が後ろに寄り添っていた。舞子の乳房に、手がまわされてくるところまで、すべて予想どおりであった。

「ねえ、奥さん」

舞子の首筋に男の息がかかった瞬間、

「うっふん……社長ったら……ご免あそばせ」

舞子の手が香川の手首を摑み、軽く身を折っていた。

香川の巨体がどういうはずみか、大きく宙を舞って、二メートルも先の部屋の壁際にどすーんと、投げ飛ばされていたのである。

片膝《かたひざ》つき背面背負い——舞子が修行した中国北派拳法《けんぽう》と、日本の柔術を折衷した女性用の「特殊護身術」であった。

その余震で、テーブルの上にのせられていた茶碗が割れて吹っ飛び、ビール瓶が倒れて、コップを派手に割っていた。

頭をゆすって、起きあがろうとした香川は、自分の身に何事が起きたかわからない。でも、にこっと笑っている舞子の笑顔を見ると、いやでもその意図をさとったらしく、

「き……きみは、失礼なッ」

「あーら、失礼なのは、社長さんじゃ、ございませんの。人妻を何人、ここに連れ込んで、女喰いなさったのかしら」

「な……な……なにい……！」

「証拠は全部、預かっておりますわよ。婦女暴行の現行犯で、私と一緒に警察に参りましょうか」

「て……てめえ……なめた真似を」

吼《ほ》えて、香川ははじめて地をむきだしにして、かたわらのビール瓶を片手に摑み、よろよろと起きあがってきた。

「女だと思って、下手に出ていると、なめやがって……」

言い終わらないうち、香川の身体がゆらめきながら丸椅子を撥《は》ねとばし、ビール瓶を叩きつけてきた。舞子の柔肌があわやビール瓶の割れ口で破られるという刹那《せつな》、

「しえーいッ」

舞子の唇から無声音がほとばしって、身体を捻《ひね》って凶器を避けざま、ビール瓶を突きだした右手首に、手刀を打ち込んでいた。

「ちッ！」

鞭《むち》のような音が鳴って、香川の手首の骨が折れ、ビール瓶は床に転がって、残りの泡を噴き散らしていた。

「くそおッ」

妖《あや》しげな美女に二度まで屈辱を浴びて、顔をまっ赤にした香川が、体勢をたて直して、猛牛のように躍りあがってきた瞬間、舞子の丸めた拳がその脇腹《わきばら》に打ち込まれていた。

右脇腹の章門というツボであった。香川の身体は電撃を受けたように硬直し、くの字によじれたまま、スローモーションのように痙攣《けいれん》した。動きの止まった巨体をセーブするくらい、舞子にはわけはない。

「失礼――」

ニコッと笑い、舞子は次の瞬間、香川の左手首を摑みざま、太淵穴（手首の表＝親指のほう）と、神門穴（手首の裏＝小指のほう）の二点を、ほんの軽い力を入れた右手先で下方内側から摑み、捻りあげていた。

「ううウッ」

香川の眼球が露出しそうになった。

苦痛の極限なのである。

太淵穴と、神門穴は、ツボである。この二点を摑んで捻りあげると、撓骨《とうこつ》神経にショックが伝わり、運動中枢部は麻痺《まひ》してしまう。福州狗拳の「老虎鑽同」という技を一瞬の間に決めた舞子は、そのままその手首を高々と捻りあげざま、

「しぇーいッ！」

気合もろとも、香川の身体は真空状態を舞うがごとく、一回転して、どうと再び、壁際の床にひっくり返されていた。

「ぎゃあーッ」

香川が悲鳴をあげたのは、体軸の回転にともない、当然、右手の肩の関節がもぎはずれてしまったからである。

「どう？　痛いでしょ。でも、あなたの出方次第では肩ぐらい、あとで接《つ》いであげるわ」

舞子は言い、いつのまにか右手にキラリ、と一筋の針を取りだしていた。五寸以上もある太い鍼術針であった。

その切っ先を、喉首すれすれにあてがう。

「いかが？　このまま、プスリと殺されたい？」

「ううッ」

香川は呻き声をあげ、「た……救《たす》けてくれ」

「そうよ。あなたがこれから私が言うとおりのことをすれば、助けてあげるわ。どう？

言うことを聞くわね」

「な……なんだよう。聞く。聞くから……早く」

「そのとおり、素直になることね。じゃ、言うわ」

舞子は幾つかのことを命じた。

「まず第一に、これからすぐ会社に電話をし、中野京子のベッドシーンが撮られているビデオ三百巻を、私が指示する場所に、社員に届けさせること。収録したオリジナル・テープもその中に入れ、今後いっさい、ダビングをしないという誓約書を書くこと。——わかる?」

「わ……わかった!」

吼えるように返事をしたあと、「き……きさまは、中野京子に雇われた女武芸者か!」

「そんなことは、どうでもいいでしょ。どう? やる? やらない?」

「やるから針を刺すな」

「そうね。そうしなくっちゃ。それから、一緒にその社員に中野京子の二か月分の報酬六十万円を持参させること。——これは簡単だわね?」

「わかった。何もかも用意させるよ。どこに届ければいいんだッ!」

舞子が、助手の岬慎吾が待機している日暮里の「ルノアール」を指示したのはいうまでもない。

——二時間後、舞子と岬は、意気揚々と虎ノ門のクリニック「何でもお約束します」に引きあげていた。

そこに待っていた中野京子が、

「まあ。おかげで、何もかも……助かりました」

深々と頭を下げ、収穫品のうち、六十万円の回収金の入った封筒をさしだし、

「これ、少ないですけど、裁き依頼金として収めておいて下さい」

舞子は素知らぬふりをしていたが、岬がちゃんと受け取ったようである。必殺仕置人の仕事も、やはり無報酬ではやれはしないのであった。

第六章　銀色の蝶が舞う

1

「もう、いやです。かんにんして……」

　拒否する言葉が、震えを帯びていた。

　後ろから抱かれている。浴室だった。晴美《はるみ》は素裸である。男の肌が熱く背中に密着し、乳房に腕をまわされ、首筋に熱い唇を押しあてられて、女の官能をそよぎたたせるように、粘っこく吸われている。

「ああッ……、もうかんにん……」

　晴美は軽くのけぞった。乳房が揉《も》みたてられ、立っていられないような感覚がそこから全身に走って、焔《ほのお》を舞いたたせるのである。

寺尾徹《てらおとおる》はそうやって、責める手をやめない。晴美の全身を丹念に揉みほぐしながら、片手をいよいよ股間《こかん》にまわしてくる。秘毛のあたりを軽く揉まれるたびに、晴美は思わず、声を洩《も》らしてしまう。

寺尾は耳許《みみもと》に熱い息を吹きかけ、右手の指を秘唇の中にくぐりこませて泳がせはじめる。

寺尾はそうやりながら耳許で、「なあ、晴美。――あと一千万円。なんとか調達できないだろうか」

そんなことを囁《ささや》く。

「だめよ、だめよ。そんな大金……」

「あと一回こっきりさ。そうしたら、それを導入預金にして銀行からまとまった金を借りて、今までの分、全部、穴埋めすることができるじゃないか」

太腿《ふともも》にはさまれた指を動かしながら、寺尾は晴美の耳許で囁きつづける。晴美は悶《もだ》えながらも、いやいや、もうかんにん……と首を振る。

「もう、いやよ、限界よ。ねえ、早く戻して。今までの分、ぜんぶ今月中に入れておかないと私、破滅してしまうわ。ねえ、お願い」

「返すよ。ちゃんとまとめて返すからさあ。あと一回だけだよ、晴美……」

寺尾の舌が、耳の穴を這《は》う。

何度か繰り返された会話。そのたびに裏切られた言葉。いよいよそれも切羽詰まった感じ。今月中に千八百万円、まとめて調達して会社に戻しておかなければ、本当に私はもう破滅するわ……焰のようにゆらめく業火の中で、晴美は打ちふられる危険な旗を見たような気がした。

七月終わり。新宿のラブホテルの外に叩《たた》きつけるような雨の音がきこえる。

2

雨の音は一週間後の、その夜も激しかった。

環状七号線、碑文谷近く。牝猫《めすねこ》女医探偵、貴堂舞子は、助手の岬慎吾が運転するスプリンターの助手席に座って、フロントガラスに降りつづける雨を、憂鬱《ゆううつ》そうに眺めながら深夜の帰路についていた。

雨は、断続的に激しい吹き降りに変わる。ときおり風が唸《うな》り、雨を横に払う。台風が接近している、とカーラジオが告げていた。

「妙な天気ね。運転に気をつけてよ」

舞子が言う。「ほらほら、そこに陸橋、下りはひどいスロープになっているわ、スリップに気をつけて」

車は環七と目黒通りとが交差する柿ノ木坂陸橋にさしかかったところであった。

「わかってますよォ、院長。……実際、口うるさいナビゲーターだなあ」

岬慎吾は車の速度を落としながら、笑った顔で言葉を吐いた。

「しかし、いやな雨だな。こう降り込められたら、ホント、気分までうっとうしくなる」

岬慎吾は言いながら、視線を前方に配っている。車の窓には雨の滴が叩きつけ、白く曇っていた。ワイパーが拭《ふ》いても拭いても、しずくはひっきりなしだし、そのうえ、ガラスに油膜がついているらしく、曇っているのだ。

「ちえッ、視界不良か。危ないな」

岬がそのガラスを拭くため、油膜取りのスプレーを取りだそうとして、片手をダッシュボードの物入れに入れようとした時、前方の路肩に赤い色彩が揺れた。

陸橋はもう渡りきっている。

赤い色彩は、傘だった。女用である。その傘をさした女の赤いレインコートの裾《すそ》が、風に煽《あお》られて激しくひるがえっていて、それが何となく危険な予感を孕《はら》んでいた。

予感が働いた時はたいてい、的中するのだ。

「危ない！」

先に声をあげたのは、舞子だった。ほとんど同時に岬が急ブレーキを踏んだので、二人の身体《からだ》は前へ傾《かし》いで、シートベルトでいやというほど、腹や胸を締めつけられた。

赤い傘をさした女が、ふらふらッと路肩から車道に歩み込んで、車の前によろけかかったのだ。いや、そうではない。もっとはっきりいえば、岬が運転するスプリンターの前面に、その女が赤い傘をさしたまま躍り込んでぶつかってきた、とも見える印象だった。

——ガクンッ……ガタガタ、びゅうッ！

バンパーが女を引っかける鈍い音と、雨傘とハイヒールが宙に飛ぶ色彩と、路面のしぶきとが一緒に宙に舞って、舞子の視線と聴覚を叩いた。

（……大変！）

舞子は一瞬、蒼《あお》ざめてしまい、

（人を轢《ひ》いてしまったわ！）

「岬くん！　何ぼやっとしてるの！　早く！」

人を撥《は》ねたらしい、というショックから、なすすべを知らない岬慎吾を叱咤《しった》して、舞子は急いでシートベルトをはずして、外に飛びだした。

外はまだ、吹き降りだった。横殴りに吹きつけてくる雨をついて、傘もささずに車の前に駆けつけると、視野に倒れている女が見えてきた。

女は雨の車道にうつぶせになって、倒れていた。赤いレインコートの裾から、白い脚が覗《のぞ》いている。ハンドバッグから、手帳や化粧道具が道に散っていた。

「大丈夫ですかッ」

舞子は女を抱え起こした。ぐったりしていて、反応がない。しかし呼吸がはっきりしているので、死んではいない。ショックから気を失っていた。

頭部には、出血部位はないようだが、どこを打っているのか外見からではわからないので、これ以上、動かさないほうがいいかもしれない。

「岬くん！　救急車を呼んで！　それから、警察にも電話して！」

舞子は女を抱き起こしたまま、雨の中でてきぱきと助手に命じた。


一時間後、女は病院で眼を覚ました。

さいわい、怪我《けが》は太腿と腰骨の打ち身だけで思ったより軽く、頭にも異常はないということであった。警察の現場検証でも、運転していた岬慎吾と貴堂舞子たちのほうには、どこにも落ち度はないことが証明された。

なにしろ、横断歩道でもない一般車道に突然、女が横あいから飛び込んできたのである。

そのうえ、女は酒と睡眠薬を飲んでいた。

一種の幻覚症状の中で、女はふらふらッと、車の前に飛びだしてきた、という情況であった。

それにしても、異常である。女はもしかしたら、自殺志願者ではなかったのか。

交通法規からいって、舞子たちに責任はないとはいえ、ぶつけたのは事実なので、舞子はひどく心を痛めて、その晩、一晩中ベッドにつきっきりで、女を看病した。

明け方、女は眠りについた。眼を覚ましていた間も、女は壁のほうをむいたきり、ほとんど一言も口をきかなかったのである。

舞子は徹夜したことになる。

朝八時半に、担当医が回診にきた時、舞子は女の容態をきいてみた。

「先生、大丈夫でしょうか?」

若い医師は楽観的な観測を述べた。

「今、鎮痛剤を打って、打ち身の治療もしていますが、気持ちさえ落ち着けば、あまり長引かずに、治ると思います」

「自殺未遂のようだ、ということですが、ビルの屋上からの飛び降りや、電車への飛び込みならわかりますが……走行中の車に飛び込んでくるなんて、ずい分、乱暴というか……変わった女性ですね」

「ええ。軽い幻覚症状だったんでしょうね」

「やはり、薬ですか?」

「睡眠薬です。ハイミナール、致死量に近い。薬効というものは体質によって、個人差があります。本人は服毒自殺するつもりで、睡眠薬を飲んだのでしょうが、それが効かずに苦しくなって眼を覚まし、一種の幻覚状態のまま、ふらふらッと外に飛びだして、雨の中を歩いていたと思えますね」

(……としても、自殺志願者には、違いないわけである)

舞子がそれを確かめると、

「少なくとも、そう思えますね。しかし胃のほうも洗滌《せんじょう》を終えておりますから、大事には至っていません。警察のかたも言ってらっしゃいましたが、あなたたちは加害者とはいっても、事実上は迷惑を受けたほうですから、あまり心配なさらなくても、いいんじゃないでしょうか」

若い医師は、舞子の献身的な看病を、かえって疲れを残すだけだから切りあげなさい、と忠告してくれたほどであった。

――竹下晴美。二十九歳、独身。「東京恒産」という不動産会社に勤務する社歴九年のキャリアウーマン……といったところが、その夜、本人の所持品や身分証明書などから判明した事柄であった。

3

竹下晴美は五日後、退院することになった。

病院は、事故現場からあまり離れていない目黒通りにあった。晴美はどういうわけか、退院しても自分のアパートには戻りたくないらしく、会社にも出勤したがらないようであった。

というのも、看護婦をつかまえて、この近くに安いビジネスホテルはないだろうか、などというようなことを、尋ねたりしていたのだ。それを小耳にはさんで、舞子はひどく気になり、

「あのね。差し出がましいようだけど、しばらくうちにいらっしゃいませんか。私のお部屋、六本木だけど、賑《にぎ》やかなところだから、少しは気が晴れると思うわ」

思い切って、そう誘ってみた。舞子としたら、その自殺未遂者をそのまま、街に放りだすことに、何となく後ろ髪をひかれる思いがしたからである。

気分が落ち着き、容態も回復し、血色も少し取り戻して、ベッドから解放された晴美は、

夏らしい藤色《ふじ》のワンピースに着がえており、やや地味な印象ながら、なかなかの美人である。

細面で髪が長い。全体に骨細の感じだが、胸や腰には肉がのっていて、女の魅力もある。

ただし、色が白いことと、その顔立ちの奥にある沈んだ表情と、何かに始終、怯《おび》えているようなところが、舞子にはひどく気になったのである。

（放っとくとこの子、また自殺するかもしれないわ……）

「ね、いらっしゃいよ。私も一人暮らしだから、誰《だれ》にも気兼ねはいらないわ。私たちが知り合ったのも、何かの縁だし……」

重ねて舞子が説得すると、もじもじしながらも、竹下晴美は、遠慮がちにきいた。

「……本当に甘えていいんでしょうか？」

「えーえ、かまわないわよ。私も、話し相手ができて、かえって楽しいお部屋になるわ」

「でも……でも、ご迷惑をおかけしたうえ、そんなことまで……」

「なに言ってるの。何か事情があるようじゃないの。大方、悪い男に追われているか何かでしょうけど……そんな時は、ほとぼりが冷めるまで、しばらく身を隠したほうが賢明というものよ」

見当をつけて、そう忠告してやると、晴美はびっくりしたような顔をしたが、やがてうつむき、小さく頷いた。

「すみません。それじゃ、しばらくお世話になります」

退院の日は、そういうわけで、また助手の岬慎吾が車で迎えにきた。舞子は竹下晴美をともなって、六本木のマンションに戻った。

その日は、戻り梅雨も台風の余波もなくからっと晴れて、気分のよい真夏の日和《ひより》だった。舞子は虎ノ門のセックス・クリニックを岬たち助手に任せ、午後は晴美のために手料理を作ってやり、二人でワインを飲み、自殺志願者の気分をなんとか、引きたたせようとした。

「ね、話してごらんなさいよ。どうしてあなた、お薬なんか飲んで、自殺などしようとしたの?」

舞子はやんわりと尋ねた。

二人は窓をいっぱいにあけ、テラスに面した部屋でささやかな午後の二人だけの退院祝いのパーティーをはじめたのである。

窓から、六本木、麻布、広尾界隈《かいわい》の街が見おろせる。街は夏の陽《ひ》に輝いていた。爽《さわ》やかな風も入ってくる。

しかし……しかし、竹下晴美のまわりにだけ、まだ冷んやりとして暗い雰囲気が残っていて、晴美はすぐには喋《しゃべ》りだすふうではなかった。

逆に、

「先生はどうして私に、こんなに親切にしてくれるんでしょうか」

訝《いぶか》しそうに、大きな瞳《ひとみ》をむけてくる。

「あなたが、心配だからよ。私は、女性の味方だもの。自殺まで企てた若い女性を放っとくなんて、私にはできやしないわ」

晴美はますます小首を傾げ、

「先生はいったい、何の先生ですか？」

そんなことをきいたりした。

舞子は自分の仕事や、立場を説明した。虎ノ門にクリニックを持つセックス・カウンセラーであり、男と女の紛《も》め事を引き受ける解決屋でもあり、時には牝猫女医探偵と呼ばれて、事件を解いたりしていることまで話した。

すると、晴美の態度が少し変わってきた。

（今に、話しだすに違いない……）

舞子がそう思った時、

「でも、話してもしようがないわ。私はもう……どうせ、駄目なのよォ！……破滅なのよォ！」

宙にむかって、呻《うめ》くように叫んだのである。

「どう駄目なの？　どう破滅なの？　話さなくちゃわからないわ」

舞子は畳みかけた。晴美はやっと自分のことを話すようになった。

もっとも……その中味は、特別、どうってことはない。

よくある話だった。

自殺未遂の竹下晴美は、要するに、会社の金を横領した女である。

それも男に無心され、その男に貢ぐために伝票操作をして会社の金を流用している、とあれば、貴堂舞子もそれに類する話を、もううんざりするほど聞かされているので、またかという思いがした。

しかし、うんざりしたような顔を見せるわけにはゆかない。悩める男女の話に親身になって耳を傾け、適切なアドバイスをしてやるのが悩み事カウンセラー、貴堂舞子の仕事であるし、こともあろうに今回は、自分たちの車に身を投げだしてきた女なのである。

竹下晴美は、岡山県津山市の生まれである。

地元の高校を出たあと、上京して日野市郊外にある私立女子短大を卒業後、事務員として新宿に本社のある「東京恒産」という不動産会社に就職してＯＬ生活をはじめたのが、二十歳の時である。

事務系の有能な女性を送りだす、ということで定評のある堅い短大だったので、就職と同時に社長室直属の経理部に配属されていた晴美は、社長に信用される有能な経理部員として、周囲から一目置かれるようになった。

社長に信用される、ということは、基本的にはうれしいことだが、危ない側面も含んでいる。「東京恒産」の取締役社長、真藤恒一郎はまだ四十歳の、ばりばりのやり手であり、決して不良中年ではなかったが、女好きという点にかけては人一倍だったらしかった。

短大を出たばかりの若さと仕事もでき、グラマーで容貌《ようぼう》もそこそこ悪くない地方出身の竹下晴美などは、真藤の眼からは野菊のような印象であり、「処女か非処女か」すれすれというきわどい印象であり、そのみずみずしい向日葵《ひまわり》のような魅力も手伝って、どうしても「つまみ喰《ぐ》い」してみたくなる存在ではないだろうか。

晴美自身はむろん、自分に注がれるそんな男の眼など、気づきもしなかった。社長や男性社員一般の、自分を見る眼がどのようなものかを考える余裕よりも、ただ夢中で仕事をしていたが、就職二年目の春、その真藤恒一郎にエレベーターの中で、ぽんと肩を叩かれた。

「竹下君。あす、仙台に出張する。ちょっとしたホテルを買収する取引なんだが、物件の計数整理をまだすませていないんでね。現地でパソコンと格闘さ。きみにもちょっと、お手伝いしてほしいんだが、二、三日、東京をあけられるかい？」

出張の同行を求められたのであった。

男性社員の出張は多いが、女子社員では珍しい。

何かしら、晴れがましい思いがした。むろん、一人暮らしのOLの晴美には、これという用事はないし、社長命令なら、同行しないわけにはゆかない。

それに、岡山生まれの晴美は、東京から北には一度も、旅行したことがなかったのである。杜《もり》の都、仙台という街に、何となくロマンチックなものを感じて、旅心をそそられ、

「はい、喜んでお伴いたします。私のほうには別に、用事もございませんし……」

張り切って答えた。

二泊三日の出張であった。話が具体化するにつれて何となく、予感めいたものが閃《ひらめ》かないわけではなかった。

現地に着くと、それはいっそうはっきりした。取引といっても、ビジネスホテルを買収するための地ならし工作はすべて終わっていて、晴美はただ、社長秘書といった按配《あんばい》で、打ちあわせに同席しただけであり、国分町二丁目の「銀たなべ」という高級料理屋の夜の宴会、そして東五番町のクラブのはしごと、真藤社長に付き添って飲み食いを重ねている

うち、晴美はすっかり気分よく、酔ってしまったのである。

（出張って、こんなに気楽なものかしら……）

一区画に三千軒ものバーやクラブがひしめく仙台の飲み屋街のきらびやかなネオンの洪水が、眼にいたく沁みた。

その意味では、気分はもう解放的で、何でもこい、という状況だったのかもしれない。

午前零時、ホテルに戻った。真藤は、晴美の部屋に入ってきた。男と女の関係に陥るのに、時間はかからなかった。

二十三歳になるその時まで、晴美は処女だったが、特別、それに重大な意味を置いていたわけではなかったので、真藤に抱かれて女として開花してゆくことにむしろ、戦《おのの》くような喜びを感じたくらいであった。

仙台の夜を境に、晴美は色っぽくなった。

事実、東京に戻って真藤と関係をつづけてゆくにつれて、晴美は性の喜びも知ったし、深みも知ったし、男なしにはいられない体質になりかけていたのかもしれない。

真藤との仲は、四年間、つづいた。

会社では、誰知らぬ者はいない仲になった。

不倫の社内情事。それも、晴美自身の体質に眠っていた好色さが呼び起こされ、爛《ただ》れた愛欲へと発展した。

むろん、真藤には妻子がいた。晴美は控え目な性格であった。妻を押しのけてでも、という気はなかった。真藤がマンションの一室を見つくろってきたり、その部屋代や手当をだすと言った時でさえ、晴美はそれを断固として、断わったくらいである。

断わったのは、無欲からではない。愛人とか二号とかいう立場に縛られたくなかったからだ。

晴美はまだ若かったのだから、自分にプロポーズしてくれる結婚相手が必ずや現われる、と信じていた。そうなれば、社長との情事など、走りすぎてきたハードルのように考えて、スポーツのように考えて、さばさばと捨てて、新しい結婚生活に入りたかったのである。

だから、不思議なことに、晴美のほうから真藤に物質的なものを要求したことは、一度もない。ただ、会社で少し多めの給料を貰《もら》い、将来が保証され、働き心地のいい職場環境が保証され、そして夜の歓《よろこ》びによって生理的なリズムが保証されれば、それでよかったのである。

そういう晴美の無欲さに、真藤も図にのったのかもしれない。その別れ際というのは、晴美にとってはいささか、腹に据えかねるものがあった。

「竹下君。この書類をあす、名古屋に届けてくれないか。営業部の寺尾君が現地で、土地買収の交渉にあたっているから、その契約に必要な書類なんだ」

ふたたび、出張を命じられた。

仙台の出張から、四年後の春である。ただし、今度は真藤が同行したのではなかった。営業部の寺尾徹という青年と、現地で合流して、その取引にあたれ、と命じられたのである。

新幹線で名古屋にむかいながら、ちらと、いやな予感が、晴美の胸に閃いた。昔、上意妻というのがいたそうである。大名がその家臣に、側室を払い下げたりしたことをさす。

現代の、そういうものではないか。ていのいい、払い下げではないか。真藤としては、晴美の肉体に飽きてきた頃《ころ》でもあり、悶着を起こさずに別れるには、別の若い社員をあてがって既成事実を作らせておけば、晴美のほうから強く慰謝料などを要求してはこれない、という踏み方もできるではないか。

そういう、疑いが胸の奥深くで明滅した。

だが、その疑いはついに芽吹かないまま、その夜のうちに蜜《みつ》のように甘く、氷解してしまった。

晴美は、経理部なので、いつも外を飛び歩いている営業部員たちを、詳しくは知らない。

従って、寺尾徹という若手営業部員の顔など、知りはしなかったのだが、名古屋支店で落ちあったその寺尾の印象は、まず文句なしに、素晴らしいものであった。

二十八歳で独身という爽やかなスポーツマンタイプ。仕事もできるし、信頼感もあるし、人をそらさない社交性……と、晴美が夢にまで見ていた「結婚相手」のイメージにぴったりなのであった。

晴美のほうから、一目惚《ひとめぼ》れしてしまったといっていい。その夜、取引を終えてホテルに戻ったあと、寺尾の部屋に誘われ、アダルト・ビデオなどを見ながら水割りを重ねているうち、抱き寄せてきたのはたしかに寺尾のほうが先だったにしろ、晴美とて現実問題、自分の体内で燃えさかるものをもう、消すことができなかったのである。

アダルト・ビデオも、毒だった。罪だった。

どうして一般ビジネスホテルにまで、あんなものが装置されているのだろう。

性体験のある女性なら、あれを見ながらお酒を飲んでいると、誰だって気分がおかしくなる。

ベッドの中でも、寺尾は素晴らしかった。

晴美は有頂天になった。新幹線で名古屋まで来て、はじめて人生の上で、巡りあうべき一番大事な男に、巡りあえたという思いがした。

そう、その時の寺尾はまだ、崩れたところの少しもない、真面目《まじめ》な社員だったのだ。名古屋出張が、たとえ最初に感じたように、真藤によって仕組まれた仕掛けの要素があったにしても、晴美としてはそれを悪く考えるより、いい男に巡りあえた幸運のほうをこそ、素直に喜んだのである。

東京に戻って、寺尾との交際がはじまった。毎週一回、二人は外で落ちあって、映画、食事、カフェバー、そしてベッドへと濃密なつながりを増すばかりであった。

でも晴美は、寺尾をただのセックスの相手としては、考えたくはなかった。晴美もその頃は二十七歳になっていた。潮時である。最後のチャンスである。

晴美としたら、寺尾のことを切実に結婚の対象として考えるようになる。今度こそ、実りある男性との交際がはじまった、と考えた。

ところが、寺尾の意外な裏面がわかってきたのは、半年くらい経ってからである。会社では有能なのだが、会社の仕事のほかにも、株や先物取引などに手を出すという、危険なヤマッ気を持つ男であることを、晴美は知らなかったのである。

「晴美、お願いがあるんだが……」

いつの頃からか、ベッドの中で、無心されるようになった。

はじめは、少額だったので、さほど奇異には思えなかった。

友達が交通事故にあったので、入院費を立て替えておいてやりたい。あるいは、奈良の実家で不幸があったので、急にまとまった金が入り用になったとかいう口実で、二十万円、三十万円と、無心するようになった。

その程度なら、晴美も困らない。独身ＯＬとして少なからぬ貯金もしていたし、婚約者の苦境を救うとなればと、晴美は張り切って立て替えてやっていたのである。

（もう少しだわ。もう少しで私たち、結婚できるのよ……）

――彼の助けになるのなら、ボーナスを貯金しておいたことを喜ぶべきである、と晴美は思った。

だが、一年もしないうちに、様相が変わってきた。その金が百万円とか二百万円とかいう単位になってきたのだ。それも、頻繁に。対応できない。晴美が不審に思って厳しく問い詰めてみると、株で穴をあけ、サラ金から借りた金が、雪だるま式にふえているのだという。毎月、利子を入れなければならず、実態はもう「首つり寸前」なのだという。

ここへきて、晴美の気持ちの半分は、冷水を浴びたように冷え、

「そんなことを言われても、もうこれが限界。私の今の給料では、これ以上は出せないわ」

ぴしゃりと、戸をたててやった。すると寺尾は、急にしょんぼりとして、「そうか。だめかあ」と、呟《つぶや》いた。それから寺尾は、急に妙なことを言った。

「きみは何のために、八年間も経理をやっているんだ？　百万円や二百万円の金くらい、伝票操作一つで一週間ぐらい、借りることができるじゃないか」

晴美はその厚かましさとモラルのなさに、びっくりして、

「何てことを言うの。会社のお金をあてにするなんて……！」

すると、寺尾は平然とやり返した。

「盗むんじゃないんだよ。ほんの一週間、借用するだけなんだよ。飛鳥建設の株があがってるから、すぐに取り戻して入れることができる」

「だめよ、だめ。そんなことはできません！」

厳しく断わると、そうか……やっぱり、だめかあ……と、寺尾は再びしょんぼりして、爪《つめ》を嚙《か》みはじめるのだった。

晴美はそんな寺尾が可哀相《かわいそう》になった。また、寺尾がサラ金に追われて破滅すると、自分たちの結婚も覚束なくなる。晴美は自分の甲斐性《かいしょう》で、何とかその局面を切り抜けなければならないと考えるようになった。

（そうよ、何も会社の金を盗むんじゃない。一週間でこっそり返しておけば、わかりっこ

ないし……社長が私にした仕打ちを考えれば、それぐらい、仕返ししてやっても、いいじゃないの）

翌日、晴美は伝票を操作して、百万円の現金を銀行からおろしてきた。社内における彼女の信用は絶大であり、キャリアウーマンとなったその頃では、現金の出納はすべて委《まか》せられ、またそのために、会社の印鑑の保管も、委されていたのである。

一回目は無事、仕手戦《してせん》の株が当たったといって、一週間で寺尾は二百万円を取り戻してきた。伝票操作一つで、百万円を銀行に入れることができ、残りの百万円を、サラ金の利子返済にあてることができたのである。

だが、それで味をしめると、もう尾を引く。二回目は二百万円。しかも、株の手順が狂って返金ができなくなった旨を告げられ、蒼くなった晴美が、どうしよう、と頭を抱えると、

「うん、そうだ！　今、仕手戦の有力情報があるから、今度こそうまくやる。もう一回、四百万円作ってくれ。そうすると、二百万円だけ抜いて、そのうちから二百万円を返しておけば、当分はわからないし、残りの二百万円で儲《もう》けて、前の分も一気に穴埋めすることができるじゃないか」

そういうことの繰り返しがはじまった。

そうなると、もう、とどまるところを知らない。急な傾斜を、まっ赤な太陽が転がり落ちてゆくような勢いの、自転車操業がはじまり、つづいた。

今や総額は千八百万円。幸か不幸か、晴美の伝票操作が上手なので、今のところ会社では発覚していない。しかし、寺尾は二年目ごろから、危険を感じて「東京恒産」を退社して別の会社に移ってしまった。

そのくせ、相変わらず、大金を無心してくるところをみると、再就職したというのも眉唾《まゆつば》で、株や競馬、競輪にますますのめりこんで、破滅寸前なのかもしれなかった。

会社では来月、監査がある。晴美としては今のうちに千八百万円、入れておかなければこれまでの不正がすべて発覚する。しかし、金はない。絶体絶命のピンチである。

――竹下晴美は、そういうことを話した。

4

「ふーん、そうだったの。あなたも大変だったのね」

軽く腕組みをしたのは、舞子である。

「千八百万円といえば、ホント、大金ね……」

舞子とて、溜《た》め息《いき》が出る。一億や二億を横領した女子銀行員の話はよくあるが、普通の会社で女子経理部員が流用した額としては、やや大口のほうであり、そう簡単に処理できるものではなかろう。

「それを……穴埋めする能力は今のところ、ないわけね？」

「はい、ありません」

と、晴美はうつむいてしまった。「寺尾からは、仕手戦の株を買って儲けたら返す、という電話がかかってきたきり、もう一週間連絡がありません。明大前のアパートに行ったら、そこももう、引き払ってるんです。来月末には監査を控えているので、いよいよ発覚するに違いありません。私、公金横領の女として警察に捕まるより、自殺してしまいたい。年老いた郷里の両親にも顔むけできません……」

なるほど、自殺未遂の原因は、そのへんにあったわけである。

晴美は嗚咽《おえつ》して、ポロポロと涙を流した。

根は決して、悪い女ではないようである。いや、舞子のみるところ、公金横領などをする女の、九分九厘までが、悪い女ではない。原因は男にあって、愛する男のために苦境を救ってやりたいとか、貢ぎたいとか、逃げられないために歓心を買うとかが多く、また極端な場合は、この晴美のように、男から利用されるケースばかりである。

自分で身を飾るためとか、贅沢《ぜいたく》をするために公金に手をつける、というケースも皆無ではないが、それはほんのわずかである。逆にいえば、女は情に流されやすく、前後の判断ができず、ついつい男に引きずられ、そして気がつくと大変なことをしでかしてしまっており、その結果、最後に泣くのに、いつも女ばかりである。

――この女、竹下晴美もその一人のようだ。本人が言うとおり、このままの状態だと、破滅するのは眼に見えている。

（さて、どうすればいいか……？）

舞子は立ちあがって、テラスに出た。

外の空気を肺一杯に吸い、軽く腕組みをして、考えた。

（そうだ。今の話をきく限り、そもそもは社長の真藤も狡《ずる》い。その男が代表取締役をする会社にも、遠慮することはないんだわ……）

この際、真藤と寺尾という卑劣な男……その両方ともを一緒に、とっちめてやろうか。そしてその作戦の過程で見事に、晴美を生き還《かえ》らせ救出する。そういうことが一挙に達成できる、ウルトラCの秘策は、何かないか。

舞子の頭の中で、じりじりと白い焔が燃えた――。

と、一分後……パチン、と舞子は指を鳴らし、テラスから勢いよく取って返すと、晴美に何事かを囁いた。

え、晴美はびっくりした顔をみせ、

「私に……もっと使い込め、とおっしゃるの？」

驚いたような表情である。

「そうよ。使い込みなさい」

「でも……そんなことをすれば……」

「大丈夫よ。私にいい考えがあるから」

それでも、晴美は舞子が何を言っているか、わからない。呆気《あっけ》にとられたままの晴美に、舞子はさらに言った。

「使い込みといっても、ハンパじゃだめよ。これからはすべて、私が作戦を与えますから、すべて徹底的に、計画的にやるのよ。金額も……そうね。一千万円や二千万円というはした金ではなく、まとめて五千万円。いや……八千万円くらいが、ちょうどいいかな。伝票操作をして、何回かにわけて会社からどーんと、それぐらいのお金を引きだしておいて、外に貯《た》めておくのよ」

舞子もまたずい分、無茶なことを焚《た》きつけるものである。

幸い、公金横領示唆罪などという罪名罰条はきいたことがないので、該当する条文はないかもしれないが、事実上は、公金横領をそそのかしているのも同然であった。

晴美が、まだきょとんとして、

「そんなことをすれば、先生も一緒に……」

と心配するのも、無理はない。

「いいえ。私にはいい知恵があるのよ。その知恵を、あなたにも授けるわ。ちょっと、耳をかして」

それから舞子は、幾つかの秘密作戦を授けるために、晴美に近づき、てきぱきと耳打ちした。

それはひとくちに言えば、竹下晴美羽化《うか》プロジェクト――とでもいえるものであった。

羽化、というのは、蝶が、一匹の虫のような蛹《さなぎ》からかえって、羽をはやし、金粉、銀粉を全身にまとい、華麗なる蝶や蛾《が》に変身して、大空に舞いはじめることである。

舞子は、それと同じことを、竹下晴美に施そうと思ったのだ。ある目的を達成するための、壮大なる人間の実験であり、賭《か》けであった。

舞子はまず、知り合いの服飾会社に電話をしてファッション・アドバイザーとモデルを呼び、晴美にファッションモデルのようなきわだった服飾センスを植えつけることにした。

あわせて、高価な衣裳《いしょう》を次々に買わせて、銀座、原宿、六本木、どこにだしても恥ずかしくない最先端の女性に仕立てる準備に入った。

二番目には、化粧品会社の友人に電話をして、美容部員を一人、一週間、借り受けた。むろん、これも晴美につけて、全身美容からシェイプアップ、個性的な化粧法などを徹底的に指導するためであった。

三番目には、晴美をカルチャーセンターに通わせ、毎週一回、知的な講座も受けさせはじめた。かと思うと、岬慎吾に命じて、競輪、競馬場におともさせ、ギャンブルの面白さを教え、馬券や車券をどんどん買わせて、世間的にいかにも男とギャンブル漬けの、派手な生活をしている大金持ちの女のように印象づけた。

一方では、会社にもきっちりと出社させた。傍ら、以前よりも巧妙にこっそりと、二千万円ずつ、数回にわたって大口の金を引きださせ、合計八千万円も秘密の「使い込み」をさせたのである。

原宿のマンションに住まわせ、外車も買わせる。会社には眼を見張るようなファッションで出社させる。こうなると当然、周囲は彼女の大変身ぶりにびっくりするが、そういう会社の人間には、

「岡山の大金持ちの伯父が亡くなり、その遺産が転がりこんだんです。二億円も貯金して

いますが、その利子だけでも使いきれませんわ。オッホホホッ」

涼しげに、そう言わせるようにさせた。

舞子がなぜ、それほど晴美に派手な生活をさせたかといえば、この伯父の遺産贈与話を真実めかせるためであり、もう一つは、のちの作戦のためであった。

女とは不思議なもので、二週間をすぎるあたりから変身しはじめた晴美は、一か月近くになると、みんなから美しいと言われるのがごく当たり前という顔をし、もはや完全に華麗なる変身を遂げてしまっていた。

もともと、顔立ちは整っていたし、眼鼻立ちの大きい顔だったので、上手な化粧とファッションと、外車を与えるだけでも、目立つ女になる素質は充分に持っていたのである。

こうして、舞子の計画する銀色の蝶が、とうとう飛びたったのであった——。

5

一か月後の金曜日の夕方——。

「まあ……！」

舞子は見とれて、思わず息を飲んだ。

ホテルの車寄せに一台の外車が停《と》まり、降り立った女がドアボーイに恭々《うやうや》しく迎えられながら、颯爽《さっそう》と自動ドアを入ってきて、ロビーを歩いてくるところであった。

ミラ・ショーンのブランドもののスーツ。髪も当世風。背が高く、脚もすらりとしていて目を惹《ひ》く美貌だから、ロビーにいた男たちがみんな振りむいたくらいである。ファッションモデルか女優がお忍びで、ホテルに入ってきたと思って、まず間違いなかった。

(これがあの、雨の夜の自殺志願者かしら……)

舞子自身、信じられないくらいである。

竹下晴美は、それほど変貌していた。

晴美はロビー中央のシャンデリアの下のソファに座っている舞子を見つけると、にこっと笑って、傍らまで近づき、

「お待たせしました」

立ったまま、優雅な身ごなしで挨拶《あいさつ》した。

「まあ、晴美さん。見違えるようにきれいになったわ。女でも惚れ惚れするぐらい。すてきよ!」

舞子は立ちあがって晴美を誘い、地下一階のホテルバーに行った。まだ宵の口で、ホテルバーは空《す》いていた。従ってその片隅のスツールに腰かけ、チンザノを飲みながら話す女

ふたりの会話は、誰にも聞かれる心配はなかった。

「どう？　会社のほう、順調にいってる？」

舞子はまず、訊《き》いた。いわば一か月後の事業点検である。

「はい。伝票処理や銀行対策のほうも、上司に気づかれずに、上手にやっています」

晴美はそういう報告をする時だけは、操り人形のように、素直に答えた。

「それにしてもみんな、びっくりしているでしょう。見違えるようにきれいになったことを、みんなはどう思ってるのかしら？」

「先生に教えられたとおり、大金持ちの伯父が亡くなって、数億円の遺産が転がりこんだと、話しています。それで……みんなはそれを信じたようで、羨《うらや》ましがられています」

「ええ、それでいいわ。――で、社長の真藤恒一郎は、どんなふう？」

舞子が尋ねた時、くすん、と晴美は笑った。

「それが……」

晴美の眼に、牝豹《めひょう》のような光が宿った。

「それが……とても面白いんですのよ。私が変わりはじめた時、社長は初めは警戒するように、遠くからちらちらと見ているだけだったんですが……一週間目ぐらいから、露骨に物ほしそうな顔になり……今週なんか、エレベーターの中で一緒になると、そっと手を握り、すてきになったなあ、ですって。恥知らずったら、ありゃしない。あからさまに誘ってきたんですのよ。私と、縒《よ》りを戻したがっているみたい。あす、食事に誘われてるんですけど、先生、どうしましょう?」

そらごらんなさい、というのが、舞子の最初の感想であった。男というものは身勝手なもので、自分が一度、手を切ったり捨てた女でも、その女が一転、蝶のように変身してきれいになって、男にもてるようになり、金回りもよくなったりすると、急に未練が湧《わ》いて、また手に入れたくなったりするものである。

(しめしめ……!)

と、舞子は思った。真藤のその反応こそまず作戦の第一段階の成功を告げているようである。

「ねえ、晴美さん。あすの食事、お受けしなさいよ。そしてまた、ベッドをともにするのよ。今度は、社長が目をまわすくらい、濃厚なベッドテクニックを披露して、クレオパトラのように男を虜《とりこ》にしちゃいなさいよ」

舞子は、そう言って晴美を焚きつけた。晴美は自信を得たようで、美しい鼻翼をぴくぴくとふくらまし、

「よーし。あたし、やりますわ。腕によりをかけて、がんばってみます!」

晴美が宣言したとおり、翌晩、晴美は社長の真藤恒一郎とアークヒルズの全日空ホテルの最高級ツインルームで、華やかな夜を送ったのである。

それからはもう真藤のほうが熱中し、週に三回も、晴美を都内の最高級ホテルに誘いだすふうになったというから、真藤に今や晴美の魅力にのめりこみ、爛《ただ》れたような愛欲の日々に、のめりこんでいるとみていい。

そういう報告をたびたびきいた九月の中旬――貴堂舞子は、そろそろこのプロジェクトの最後の仕上げに取りかかろうかな、と考えた。

というのも、竹下晴美の「使い込み作戦」は、そういつまでも続けられるものでもなく、隠しおおせるものでもないからである。

舞子が見るところ、晴美が伝票操作をして持ち出した金は、きっちり八千万円くらいになっていて、それは舞子の指示どおり、大手町の太平洋銀行大手町支店の架空名義の口座に振り込まれているはずである。

晴美の勤める会社は、都内や東京近郊に続々と生まれる宅地造成やマンションの売買、ホテルの増設などで、今のところ好景気の波に乗りまくっており、儲かっているのである。したがって、億単位の金が毎日、晴美の手許を出入りしているので、晴美の使い込みもまずは、発覚が遅れているようである。

しかし、八千万円もの金が事実上、抜けたのだ。たとえ通常監査の眼をごまかすくらい伝票操作で帳簿上の辻褄《つじつま》があっていても、密告されれば、すぐに全貌が暴露する。

翌週の火曜日、舞子は助手の岬慎吾を虎ノ門のクリニックの片隅に呼び、あることをこっそりと耳打ちした。片手に五万円を握らせて——。

「あのね、岬くん。今夜は、銀座に出て有名なクラブで、どーんと豪遊してらっしゃい」

「えっ？　銀座で……？　ぼくが……？」

「そうよ。五万円くらいあれば、間にあうはずよ。店は七丁目の〈ノン・ノン〉という高級クラブ」

「で、どんな用事でしょう？」

岬も、むろん、これには訳がある、と感じている。

「そこのママは、東京恒産の社長、真藤恒一郎の元愛人よ。いえ、今でもつながっているのでしょうけど、真藤がこのところ晴美に熱中しているので、カリカリしているみたい。そこで、そのママにこれから私が言うことを、そっと耳打ちしておいてほしいの」

舞子は岬にある作戦を耳打ちした。

どういう作戦かって、それはこうである。

いわば、密告ということになろうか。つまり、竹下晴美には不正があるようだから、その仕事内容や出入金の伝票を調べるよう真藤恒一郎に進言しなさい、と銀座のママに密告したのである。

ママが小躍《こおど》りして真藤に通報するのは、間違いない。

その密告——しかし、竹下晴美を警察に逮捕させるためではない。その反対に、彼女を助けるためである。

さて、どういう結果が訪れるか——。

すべての手を打った舞子は、微笑した。

一週間、何事も起きなかった。さらに一週間、何事も起きなかった。

「あららら ッ……計算が狂ったのかしら……?」

舞子がいささか、あわてて晴美のマンションに電話をかけて、その後の様子を聞こうと思ったその夜、突然、目の前の電話が鳴りだしたのである。舞子は、びっくりした。晴美からかと思った。呼吸を鎮めて、用心しながら受話器を把《と》りあげた。

「貴堂先生ですね?」

重厚な感じのする男の声が響いた。

「はい。貴堂でございますが」

「私、東京弁護士会の副理事で——」

電話は、東京恒産の顧問弁護士、鵜沢《うざわ》直武と名のる男からであった。それも凄い剣幕で、

「貴堂先生、困りました。あなたは竹下晴美の身元引受人ということを聞きましたが、本当ですか?」

「さようでございますが」

「竹下君が勤務先の東京恒産において、実に恐るべきことを働いたことについて、ご存知ですか?」

「どういうことでございましょう?」

舞子は予想どおりの展開に、余裕をもって答えることができた。

「実に、けしからん。実に、恐るべきことです。一介のOLの竹下君が、そもそも一千八百万円を横領し、それに加えてまた新たに八千万円もの巨額の公金横領を働いていたことが、判明したのですぞ。それも全部、ファッションや男や遊興や競輪につぎこんで、派手な生活をしていたとは、いったい、どういう心理でしょうね。通常の感覚ではとても、考えられません。しかも、社内ではぬけぬけと、伯父の遺産が転がりこんだとか言っておりましたが……緊急社内監査の結果、彼女の不正のすべてが、一昨日、白日のもとにさらけだされたんですぞ!」

鵜沢顧問弁護士は、晴美の身元引受人である舞子にくってかかる、といった剣幕だった。

「それで、私に用事というのは？」

舞子の悠揚迫らざる対応に、弁護士はますますかりかりした様子で、

「あのねえ、あんた。私の用件がまだわからないのですか？　わが社としては、竹下君を今すぐにでも、警察に告訴することができる。一罰百戒の意味からも、刑事事件にしろと、重役会でもいきりたっています。しかし、そうすればあの若さで、彼女は刑務所に入らねばならない。幸い、と申しますか、身元引受人であるあなたは、著名な方ですし、麻布に不動産もたくさん、お持ちのようですし、何かと竹下君の郷里の実家にも、顔がきくと思われますので……」

弁護士は遠まわしに、くどくどと言っていたが、それをみんなまで言わせず、舞子はぴしゃりと言ってやった。

「わかりました。電話では何ですから、会社の顧問弁護士でいらっしゃるあなたと、明日にでもお会いいたしましょう。どこで被害の弁済会議を開けばよろしいのでしょうか？」

被害弁済会議――要するに、示談である。

会社としては、竹下晴美を公金横領犯として、すぐにでも警察に突きだすことができる。

しかしそれでは、一人の女を破滅させるだけで、会社は彼女から一銭も取り戻すことがで

きない。

そこでこういう場合、顧問弁護士や保証人や身元引受人が間にはいり、使い込み犯の実家や親戚《しんせき》をまわって、少しでも金をかき集めてきて、被害の弁済にあてることで、示談にすますケースが多い。

東京恒産の顧問弁護士は、舞子の足許につけこんで、それを求めてきたのである。そしてそれこそ、舞子が想定していた一番最後の仕上げの舞台だったのである。

6

翌朝九時、舞子は自分で車を運転して、六本木のマンションを出た。

十月の高曇り、爽やかな朝。舞子は真紅のアウディを飛ばして大手町の太平洋銀行に立ち寄った。その銀行に、あらかじめ舞子が指示していたとおり、「貴堂晴美」という架空名義の当座預金口座を、竹下晴美が設けている。係員を呼んで確認すると、額面はちょうど七千五百万円ということになっていた。

これも、指示どおりである。晴美はきっちりと、約束を守っていたのだ。いうまでもなくこの金は、晴美が新たに会社から引き出した八千万円の〈横領金〉であり、そのうちの五百万円で、彼女は見事に銀色の蝶に変身し、残りの七千五百万円をきっちりと、ここにプロジェクトの〈軍資金〉として貯《たくわ》えていたのである。

舞子はその中から四千万円の小切手を作り、バッグに収めた。

アウディを飛ばして、大手町から新宿にまわった。

ゆうべの顧問弁護士が指示した会見場は、ヒルトンホテルの一室であった。

舞子は約束の時間に、その部屋に入った。金屏風《きんびょうぶ》の仕切りの手前に、テーブルと椅子《いす》。結婚式の場合などには、控え室などになる、いわゆる小宴会場のようである。

鵜沢顧問弁護士は、先に来て待っていた。顔の印象が角ばっていかつい、いかにも強面《こわもて》の民事の弁護士である。

舞子は、静かにその前に座った。

「――おいくらぐらい調達すれば、被害弁済の示談に応じていただけるのでしょうか」

前置きなしに、舞子はまず、そう言った。

「それは、ま、時と場合に、よりけりですな。竹下晴美君の実家や親戚から、どの程度、弁済金を取りたてることができるのか。さらには、身元引受人であるあなたが、どれくらい、理解を示していただけるのか」

鵜沢弁護士はもったいぶった言い方をしはじめた。

舞子は余計な口をきかなかった。膝《ひざ》の上のバッグを静かにあけて、中から額面四千万円の小切手を取りだし、それを静かに卓上にのせた。

すばやく、その額面に眼を走らせた鵜沢の顔に突如、驚きの表情が走り、彼はやたらに生唾《なまつば》を飲み込みはじめた。

「ごらん下さい。最大限、用意した金が四千万円です。竹下晴美は、私にとってはかけがえのない後輩であり、友人です。一時の過ちで刑務所に送って一生を台なしにすることは忍びません。岡山の実家に相談しても、そう大きなことは望めないでしょう。というわけで、私の一存で麻布のマンションの一部を処分して、ここに力の及ぶ限りのものを、用意して参りました」

舞子もたくさんの事例を知っているが、会社の使い込み事件の場合、現実にはほとんど回収ゼロ、というのが実情である。使い込みをするような社員は、たいてい、酒、女、バクチ、遊興と、目の前に回転する巨大な欲望の濁流に飲み込まれており、横領した金を貯めるとか、それを有利に運用して、財テクをやろうなどとは、まず考えはしない。

発覚した場合、本人はほとんど一文なしに近い。会社は躍起となって、損金を取り戻そうとするが、たとえ形式上身元保証人がいても、その保証人には弁済能力がない場合がほとんどだし、親戚や知人だって、使い込みをした人間の尻《しり》なんか拭《ぬぐ》いたくはないから、示談に持ち込んだところで、ほとんど金は、わずかしか集まらないのが実情であった。最大限、集まっても五パーセント以下、といわれる。いわば、〝迷惑お詫《わ》び金〟である。九千八百万円横領した場合、四百万円程度、被害弁済金が集まれば、それで上出来である。

そこへ、どーんと、四千万円である。

鵜沢がびっくりして、眼を白黒させるのも当然であった。

晴美のあの派手な生活のありようからみれば、一銭も回収できまい、と諦《あきら》めていた使い込み金が、なんと半分近くも返ってくるのだから、顧問弁護士として鵜沢の腕も評価されるし、会社もまた最悪のケースよりも、はるかに大儲けしたわけである。

「いかがです。鵜沢さん」

舞子は静かに、畳みかけた。

「はい、それはもう」

鵜沢はうろたえ、「しかし会社の経理処理上、一応、差し押さえとかなんかをやってみて、それでも取れなかった未回収債権というものの書類などを作って、一応、役員会にかけてみませんと、この席では何とも……」

舞子は少し、憤然とした。鵜沢は残り半分の請求権に、しがみつこうとしている。

「まだるっこしいわね。鵜沢さん、あなたでは話になりません。社長をだしなさい、社長を」

「社長は、ただ今、重役会議で――」

「あーら、そう」

舞子は言ったあと、立ちあがって金屏風の陰にまわった。

そこに、社長の真藤恒一郎が隠れるようにして、交渉の経過を盗み聞きしていたのだ。

「こんにちはあ、真藤さん。あなたも聞いたでしょ？ いかが？ 晴美をもし告訴して警察に逮捕させれば、この金は一銭も回収できないばかりか、あなたが竹下晴美になさった払い下げ妻もどきの卑怯《ひきょう》なふるまいも、あわせて週刊誌やテレビに、スキャンダルとして発表しようと思っております。あなたにとってはそんなことをされるより、この四千万円で竹下晴美の前途を祝福してやったほうが、はるかに得策だと思いますけど、いかがでしょう？」

東京恒産の社長真藤恒一郎が、舞子のだした示談条件を一発で飲んで、晴美を告訴しないという約束を取り交わしたのは、その直後であった。

竹下晴美は無罪放免となった。いや、そのうえ、銀行にはまだ彼女を蝶にするための軍資金、三千五百万円が残っているのだ。それは、晴美がこれまで真藤や寺尾に欺された心理的慰謝料と考えれば、そう高いものではない。

晴美が、その資金をもとに、自由が丘に小さなブティックを開き、再出発するのを、舞子は温かく見守ってやった。それと同時に、急に金回りのよくなった晴美の周囲に、また出没しはじめた寺尾徹を、舞子は助手の岬に命じ、足腰たたなくなるまでぶちのめし、二度と近づくな、と念を押したのはいうまでもない。

それでもって自殺志願者を死の淵《ふち》から救済するプロジェクトと復讐《ふくしゅう》代行は、完了したのである。

その手段においては、いささか反社会的な要素もないではなかったが、一人の女の生命と人生を救うにはいたしかたなかったと、舞子は考えている。

第七章　女優失踪

1

電話が鳴った。

「はい。虎ノ門クリニックですが」

聡子《さとこ》が受話器をとった。やがて、

「センセ、美星プロダクションからです」

貴堂舞子に受話器をさしだした。

「ありがとう」

院長の舞子が電話に出ると、

「美星プロの関根です。ご無沙汰《ぶさた》いたしております。ちょっと先生にご相談があるんですが……」

六本木でタレント養成所やプロダクションを経営する関根拓郎という男からであった。舞子は数か月前、精力減退を訴える五十男の関根の悩みを解消してやったことがあるが、今度は何の悩みだろう。

「はい。どういうご相談で……」

「うちのタレントに、日夏かおるという子がいるんですが、その娘が二週間前から、連絡がつかなくって、困ってるんです。恵比寿《えびす》のマンションにはベランダに洗濯物が干されたままで、部屋には鍵《かぎ》がかかっています。何かの事件に巻きこまれて、失踪したのではないかと心配しています。先生の探偵事務所で、ごく内密に探していただけないでしょうか」

関根ははっきりと、舞子の探偵事務所にお願いしたいと言った。

舞子の本業は、虎ノ門クリニックという名のとおり、セックス・カウンセラーだが、こう事件の依頼が多くなると、探偵事務所の看板もあげなくてはならないのかと、心配になってくる。

「警察にはご相談になったのですか?」

「いえ。それが……まだです」

「どうしてでしょう?」

「日夏かおるは新人ながらも、テレビタレントとして、やっと脚光を浴びてきた矢先。妙なことでスキャンダルを表沙汰にはしたくないのです」

「つまり、その失踪には何か事情がありそうだ、とおっしゃるのですか?」

「はい。いささか――」

「それならどうぞ、いらっしゃって下さい。お役に立てるかどうかわかりませんが、ご相談にのってみましょう」

舞子はそう言って、受話器を置いた。

ついでに、アシスタントの聡子にむかい、

「聡ちゃん。日夏かおる、というタレント、知ってる?」

「さあ。知りませんけど」

「デビューしたばかりの新人、という話だから、まだたいしたタマじゃないかもしれないわね」

「そのタレントが、どうかしたんですか?」

「マンションのベランダに洗濯物を干したまま、失踪したらしいのよ」

「へーえ、今時、自分で洗濯するタレントがいるなんて、感心じゃありませんか」

舞子たちがそんなことを話していると、関根拓郎が三十分もしないうちに、あたふたと駆け込んできた。

関根はソファに座るなり、

「や……先生にはいつも、妙なことでお手を煩わして、すみません」

言いながらも、黒い鞄《かばん》からあたふたと書類を取りだしている。いかにも芸能畑の三流興行師、というタイプの、せかせかした脂ぎった男であった。

「うちの日夏かおる、知ってらっしゃいますか?」

そう聞かれるだろうと思って、さっき、聡子に質問してみたのだが、収穫はなかったのである。

「ごめんなさい。知らないのよ」

舞子は、テレビのアイドル歌手や話題の女優、というものにはあまり興味もないし、詳しくもないので、時々、マスコミで当節、大変評判になっているタレントのことを、まるで知らなかったりする。

「この娘《こ》なんです。どうです、見憶《みおぼ》えがあるでしょ?」

関根が自信満々の態度で、営業用のポートレートを取りだして卓上に置いた時、ああ、とひと目みて舞子は思いだした。

「ああ……あのテレビコマーシャルの……」

「ええ、そうです。名前より、映像が先に有名になりましてね、中高年男性層に今、爆発的な人気が出ている娘なんです。どうです、女性の……先生がご覧になっても、この写真、なかなか悩殺的でしょ」

関根が取りだした二枚目のポートレートは、プールサイドに立った水着姿のタレントを大写しにしたものであった。

スリーサイズは、身長一七一、上から88－58－88という、外国人女優顔負けの超ド迫力のあるプロポーションを持つ美人女優であった。

（ああ……この娘なの……）

と、舞子がとっさに思いだしたテレビのＣＦは、たしかにこの肢体美を生かした、視聴者がドキッとするような、全裸の、超ド迫力のある映像であった。

オールヌードといっても、正面からではない。それでは放送倫理コードに引っかかる。後ろむきの、全身入浴風景。それも、泡立て器を持ってプールのように広い風呂《ふろ》の中を、伸びやかに泳いでゆくお色気度抜群の、超過激ＣＦであった。

スポンサーは幸福ヘルス工業株式会社である。この会社の主力製品、つまり日夏かおるが宣伝する製品は、強力ジェット噴射という謳《うた》い文句の、風呂の中で超音波の泡をだす装置「ダブルストリーム」である。

なんでも、超音波気泡浴と称するそうだ。テレビのコマーシャルによると、その気泡浴は、人体における血流を盛んにし、身体《からだ》を芯《しん》から温め、マッサージ効果をもち、疲労回復や全身美容、健康増進に大いに役立つものだそうである。

スイッチ一つで、その気泡をたてる強力ジェット噴射の泡立て器「ダブルストリーム」を、日夏かおるは両手に持って、水の中を全裸で泳いだり、悩ましい胸や股間《こかん》に、ジェット噴流を浴びせる、というのが、コマーシャルの映像であった。

「そのCFがあたりましてね。日夏かおるは今ではテレビドラマ、映画、レコードにと、引っぱりだこになりかけているんです」

「そんなふうじゃ、これからおたくのドル箱になる娘だったんですね」

「ええ。その矢先……万一のことがあったら、わが社は大打撃です」

「失踪の事情に、何か心当たりは？」

「私には見当もつきません」

「失踪当時の模様を話して下さい」

「はい。……しいて失踪の原因らしいものに心当たりがあるといえば、どうも彼女、誰かに脅迫されていたようなんです」

関根によると、日夏かおるは一か月ぐらい前から、妙ないやがらせ電話と脅迫電話が舞い込むようになって、ノイローゼ気味だったようである。

その脅迫電話は、一週間以内に五千万円を用意しておけ。用意しなければ、おまえの過去を週刊誌にばらす、といったものだったらしい。

「過去を……ねえ。彼女にはバラされると困るような、後ろめたい過去でもあったのかしら」

「はあ。……そのへんがどうも微妙で……」

関根は、言葉を濁した。所属プロダクションの社長といっても、タレント養成所時代から今日までの日夏かおるの表の顔しか知らないわけで、裏の素行や過去までは摑《つか》んではいない、ということには一理ある。

しかし、関根は何かを隠しているようだ。

「だいたい、幾つだったの？　彼女は」

「新人、と言って売りだしてはいますが、下積み時代が長かったので、今年二十四歳になります」

それにしては、日夏かおるはオールヌードのＣＦで爆発的人気が出るまで、出演した映画やテレビドラマが一本もないし、舞台も踏んではいないし、レコードが一枚もないというのは、少し変である。

関根によると、日夏かおるの略歴とプロフィールは、ざっとこんな具合になる。

日夏かおるは、四国の高知県中村市で生まれた。

四国の小京都といわれる四万十《しまんと》川のほとりである。子供の時から美人で、背が高くて目立ち、タレントになるのが夢であった。地元、中村市の女子高校を出てから上京し、大久保のアパートに転がりこむと、六本木にあるタレント養成所、つまり関根のところに入所し、一通りの演技、歌、踊りなどの訓練を受けた。

だが、それで生活が成りたつはずはない。家から持ちだしてきた生活資金は一年目になくなり、アパート代はおろか、食事代にも事欠くことになった。それからはスナックやクラブのアルバイトなど、自分で色々、仕事を見つけては生活費を稼ぎながら、女優になる日を夢みて努力しつづけていたのだという。

「ま、シンデレラ志願というか。地方出身のタレント志願の娘がたどるごく普通のコースですな。略歴といったら、そんなところです」

「男関係は？」

「私が知っている限り、浮いた話はあまり聞きません」

「幸福ヘルスのＣＦに起用された、というのは、かなりの大抜擢《だいばってき》だと思えるけど、そのきっかけは？」

「そりゃあ、もう、わが社の努力ですよ。日夏かおるはあれだけの肢体の持ち主ですからね。私自身、テレビ局はもちろん、電博堂など大手広告エージェンシーから、映像下請けプロダクションのディレクターなどに、せっせと猛運動をしましたから、その営業努力が実ったんです」

関根は、大いに鼻をうごめかせた。

だが、それだけだろうか。テレビ局や広告代理店にはタレントの売り込みが激しいので、よほどの幸運がなければ、弱小プロからの売り込みが成功するとは思われない。

「その脅迫者というものの心当たりは？」

「それがわからなくて、困ってるんです」

「結構でしょう。じゃ、関根さん、これから一緒に参りましょうか。日夏かおるのマンションに」

舞子が立ちあがると、関根がびっくりして、

「マンションに……？　これからですか？」

「ええ、そうよ。失踪事件の捜索というものは、まずその原点から取りかかるものよ」

「しかし、……留守の部屋に行っても」

「ベランダに洗濯物が干してあり、ドアに鍵がかかったままという、彼女のマンションの

部屋に入ってみれば、何かがわかるかもしれないわ」

「しかし、あそこはドアに鍵がかかってまして」

おたおたする関根を叱《しか》りつけるように、

「あなたは日夏かおるの所属プロダクションの社長じゃありませんか。いわば、生活を監督する義務もあるし、スケジュールを動かす責任もある。その彼女に連絡がつかないとあれば、部屋に入る権利は当然、ありますよ。管理人にかけあえば、鍵ぐらいあけてくれます。さ、一緒に参りましょう」

貴堂舞子はクリニックの留守番を、アシスタントの聡子や岬慎吾に頼み、自分で駐車場から真紅のアウディをだし、恵比寿の日夏かおるのマンションにむかった。

2

日夏かおるのマンションは恵比寿の、渋谷橋交差点の近くにあった。

なるほど裏から見ると、雨模様なのにベランダに洗濯物の干してある部屋が、たった一つだけある。

六階の八号室であった。

関根がフロントに行って管理人とかけあっている間、舞子はマンションを表や裏から眺め、CFに起用されるまで、無名の新人女優だったにしては、都心部の、意外に立派なマンションに住んでいるな、と感心した。

「管理人が鍵をあけてくれるそうです。参りましょうか」

関根が呼びに来たので、舞子は一緒にフロントに入り、管理人とともにエレベーターに乗った。

「彼女、ずっと前からここに住んでたんですか?」

エレベーターの中で管理人に聞いた。

「ええ。たしか二年ぐらい前からですが」

「立派なマンションですね」

「ありがとうございます。しかし外見はいいけど、中身はワンルームマンションなんですよ」

「あ、そうですか」

ワンルームでも三、四千万円は下らないだろう。

エレベーターが六階に着いた。三人は通路を六〇八号室にむかって歩いた。

管理人が鍵をあけている間、

（もしや……？）

という悪い予感が、舞子の胸を見舞いつづけていた。

こういう場合、管理人立ち会いで鍵をあけて入ってみると、たいてい、音信不通の女性が、その部屋の中に死体となって転がっていた、というケースが多い。

だが、日夏かおるの場合は、幸い、そうではなかった。

部屋は整然としていて、本人だけがいなかった。

ワンルームとはいうが、思ったより広くて、小綺麗《こぎれい》な部屋である。

机にベッドに化粧鏡に、キッチンとシステム・ユニットのバスが、たった一つの空間の中に機能的に配置されている。

衣類はクローゼットの中に収められているし、どこにも荒らされたり、乱れたところはなかった。

「お時間、かかりますか」

「いいえ。スケジュール表と連絡表などを改めるだけですから、二十分くらいですみます」

「じゃ、帰る時は鍵をフロントの管理人室に戻して下さい」

管理人はどうやら二人を、信用したようである。

ドアを閉めて、出ていった。

もっとも、フロントを留守にはできなかったのかもしれない。

関根はバタバタと抽出《ひきだ》しなどをあけたり、ノート類を引っぱりだしたりしながら、かおるの手掛かりを摑もうと、刑事の家宅捜索の真似《まね》のようなことをしていた。

舞子は腕組みをして、電話機を見つめた。

化粧台の横にある。

多機能留守番電話であった。

舞子は脳裡《のうり》に何かが閃《ひらめ》くのを感じ、メッセージ再生ボタンを押した。

録音器の再生音が流れだした。

「もしもし……」

「もしもし……」

友達やプロダクションやスポンサー筋からかかっていた幾つかの電話のほかに、どことなく得体の知れないものが、二つあった。

それは、三十歳ぐらいの男の声で、

「美津子、ずい分の出世じゃないか。日夏かおると呼ばないと、返事をしねえのか。毎晩、テレビであんたの裸を見ては、あの頃《ころ》を思いだしているぜ。あの当時の写真も、いっぱいあるからな。ばらされたくなかったら、約束どおり、あと一週間以内に五千万円、用意しておけよ」

なるほど、この電話の男が、関根の話に出てきた脅迫男だろう。

もう一つ気になったのは、脅迫でも何でもない。優しい男の声だが、舞子にもどこやら、かすかに聞き憶えのある男の声であった。

「――東館《ひがしだて》だ。ごぶさた。戻ってきたら、オレんちに大至急、電話してほしい。たまにはベッドで愉《たの》しもうよ」

――そんな電話であった。

「この声、もしかしたら？」

もしかしたら、と思ったのは、東館剛介という男前の人気ロック歌手が実在するからである。

「ええ。やつだな、チッキショウ。女蕩《たら》しの東館め、かおるまで蕩しこんでたのか！」

関根が業界の人間らしい罵声《ばせい》を吐きだしていた。

その時、その眼の前の電話が、

――ルルルルッ。

と、鳴りだしたのである。

鳴りつづけて、やまない。

舞子と関根はぎょっとして、顔を見合わせた。

関根がとろうとしたが、舞子はそれを押さえた。

「いいわ、わたしが出るわ」

この際、舞子は日夏かおるになりすましてみようと思ったのである。

かおるがどういう声かは見当もつかないが、短時間なら、ごまかせるかもしれない。

受話器をとりあげ、

「はい。日夏ですが――」

女が二日酔いの朝や、寝起きの時にだすような沈んだ声をだした。

「おれだよう。宇島だよう」

遊び人ふうの、押しつけがましい声で、ぴんときた。

――あの脅迫男だわ……。

それで舞子は、わざと、

「あんた――」

絶句したような声を作った。

「何、びくついてやがるんだよう。約束の金は、どうしたんだッ。約束の日からもう一週間も過ぎてるんだぞッ。おめえの過去を、ばらされていいのかッ」

「あんた……やめて……それは困るわ」

舞子は当面、おろおろ声をだすことにした。

「今さら、何言いやがるんだ。おめえがしこたま金持っていることは、先刻、承知してるんだぞ。こっちにはあの頃の写真も、ビデオもある。おまえがそんな調子でぐずぐずするんなら、今日にでも写真週刊誌に持ち込んでもいいんだぜ」

「やめて……それだけはやめて……」

「じゃ、五千万円、用意するか」

舞子はある計画を思いついた。

「もう、用意してるわ」

「ふン。そうこなくっちゃあな、小切手じゃなく、現金だぞ」

「わかってるわ。どこに持ってゆけば、いいの？」

「新宿の滝川という喫茶店だ。これから場所と時間を教えるから、しっかり覚えろ」

——今夜七時、東口の「滝川」の二階。現金は外国旅行用の鞄に入れて持って来い……。

「でも、今夜は私、仕事が入っててゆけません。女のマネージャーを行かせますから、あなたの服装や恰好《かっこう》を教えて——」

「女マネージャーだと？　ずい分、出世したもんだな。——おれは黒い革ジャンパーにサングラスをかけてゆく。おれの男前ぶりぐらい、その女マネージャーとやらに、しっかり教えておけ」

3

貴堂舞子はその夜七時、新宿東口の「滝川」に行った。

現金五千万円入りの大型旅行鞄に見せかけた旅行鞄を、助手の岬慎吾に持たせ、二人は早めに二階の、窓ぎわの席に座った。

七時ジャストに、宇島という男は現われた。黒い革ジャンパーに、サングラスをかけた三十五歳くらいのヤクザふうの男だったので、舞子にはすぐに見当がついた。

むこうも店内を一巡して、すぐにわかったらしい。何しろ、大型旅行鞄をテーブルの横に立てかけていたから、すぐに見当がつく。

男は傍まで来て、じろっと二人を見おろし、

「日夏かおるの代理人さんかい？」

そうきいた。

「はい。マネージャーの貴堂舞子と申します。こちら、運転手の岬です」

「美津子も凄《すげ》え出世ぶりだな。女マネージャーにお抱え運転手つきか。みんなおれが仕込んでやったおかげだぜ」

言いながら、宇島はむかいに座った。

ウエイトレスが注文を取りにきた。

「アイスコーヒーをくれ」

「かしこまりました」

礼儀正しく去るとすぐに、

「約束のものは、これかい」

眼をすばやく鞄のほうにむけた。

「そうです。ここで中身をお検《あらた》めになりますか？」

「あ、いや。ここではやばい」

宇島はあたりを、きょろきょろと見回した。

たしかに、その喫茶店は、雑誌編集者や作家、マスコミ関係者、AVビデオ制作者らや、不動産関係者が長時間、打ち合わせに使ったりするので、優雅だが一種、得体の知れない雰囲気があって、一癖も二癖もありそうな男どもが徘徊《はいかい》していたりする。

「この近くの駐車場に車を駐《と》めている。その中で検めるから、これを飲んだら、おめえたちも一緒に来い」

アイスコーヒーが来て、宇島が飲んでしまうのに一分とかからなかった。

「じゃ、ゆこう。ついてきな」

宇島は伝票を握って立ちあがった。伝票を取られたかわりに、岬が車つきの大型鞄を握ってゆくことになった。

外はもう暗くなっている。

JR新宿駅の左手の、元和田組の地所界隈《かいわい》に、有料駐車場があって、男はそこに車を駐めているらしかった。

駐車場の中は薄暗かった。

紺色のラングレーだった。

車の傍までくると、

「よこせ」

不意に岬の手から鞄を受け取り、

「女、おまえは助手席に乗れ。男のほうは外に立って、人が来るのを見張ってろ」

宇島は言いつけて、車内に入った。

彼は後部シートに座って、鞄を膝の上に置くと、舞子が渡したキイを手にして、蓋《ふた》をあけはじめていた。

しかし、その顔が驚愕《きょうがく》と怒りのためにひきつれ、声が荒だったのは、一分後だった。

「な……何だ……てめえら！」

蓋をあけて、中身が新聞紙を四ツ切りにして、万札百枚ずつの、札束のようにして詰め込んだニセモノであることに気づいて、宇島が吼《ほ》えた。

「――偽札で、残念だったな」

言いながら、その時はもう岬慎吾が、その横に乗って登山ナイフを宇島の首筋にあてがい、逆手を取ってひねりあげながら、

「殺されたくなかったら、車のキイをだせ」

静かに、そう命じていた。

「ち……畜生ッ！　きさまら！　欺《だま》しやがったな」

「脅迫者のくせに、欺されるおまえも、どうかしているぜ。おまえさえよかったら、このまま警察に突きだしてもいいんだぞ」

「て……てめえらは何者だッ」

「虎ノ門探偵事務所の者だ。闇《やみ》の捌《さば》き人ともいわれていることを、覚えておけ」

「く……くそッ……」

「いいから、いいから、キイをだせ」

さもなければ殺す――と、岬の登山ナイフが喉《のど》すれすれに直角に突きたてられようとした瞬間、

「待て！　キイを出す。どうするつもりだッ」

宇島はキイを差しだしながらも、虚勢を張った。岬はキイを奪い取り、

「院長……ほら」

放りなげると、運転席に座っていた舞子が受け取り、

「ありがとう。宇島さん、ちょっとそこまで、私たちと一緒にドライブしてくれるわね」

紺色のラングレーはもうすべりだした。

――すべて舞子が計画したとおりであった。

4

貴堂舞子の運転するラングレーは、新宿の街を抜けると、青梅街道に入った。

まっすぐ直進して荻窪《おぎくぼ》駅の先で右折して、天沼の住宅街の中に入ってゆく。

天沼二丁目あたりであろうか。八幡神社の近くの一軒の白い豪邸が、路地の突きあたり

に見えてきた。

半地下式のガレージがあいたままであり、その中にラングレーはすべりこんだ。

その家は、商社マンをしている舞子の友人夫婦が、アメリカに転勤したばかりで、留守の間の家の管理人探しを、舞子は頼まれていたのであった。

宇島という男を、その留守の家に引きずりこんで、日夏かおるを脅迫していた理由や背景を吐かせ、失踪の原因を探そうという魂胆であった。

車庫の奥にラングレーは駐まった。

舞子が先に運転席から降りて、家の鍵をあけに行った。

「いい家に招待する。さあ、降りろ」

岬が登山ナイフを突きつけて、宇島に命じた。

「て……てめえたち……おれをなめるのか」

「なめはせん。つべこべ言うな。恐喝容疑《かつあげ》で警察に突きだされるより、おれたちとつきあうほうが、まだましだぞ」

「勝手なことを言いやがって――」

宇島が暴れようとした。

岬はとっさに、登山ナイフの柄を側頭部に叩《たた》きつけ、宇島を昏倒《こんとう》させた。車外に引きず

りだし、鳩尾《みぞおち》に拳《こぶし》を打ちこんだ。二、三発で眼をまわした宇島の股間を蹴《け》りあげ、右手の関節を逆にひねりあげながら、

「虎ノ門探偵事務所が、闇の捌き人といわれていることを忘れたのか。世話をやかせると、ぶっ殺すぞ。——さあ、おとなしく立って歩くんだ」

宇島は案外、だらしない男だった。岬の二、三発の脅しがきいたらしく、急におとなしくなり、

「ら……乱暴はよせ！」

おたおたと怯《おび》えながら、素直に歩くようになった。最初はヤクザふうだったが、案外、その筋の者ではなく、盛り場商売で身につけた虚勢だけだったのかもしれない。

家にはすでに電気がついていた。

岬は宇島を一階の広いリビングに引っぱり込んで、引き据えた。

その部屋ではすでに、舞子が待っていた。

「宇島さん。名前は何というの？」

舞子がにっこり笑ってきくと、

「宇島敏行っていうんだ。おれをいったい、どうしようというんだ！」

宇島は居直ったように、カーペットの上に胡坐《あぐら》を組んだ。

「いい度胸よ。私たちは真実を知りたいだけ。ここなら、ゆっくりとお話がきけるわね」

舞子がソファに座って、長い脚を組みながら、

「さて、日夏かおるが失踪したまま、もう二週間も帰ってこないわ。あなた、どこかに隠してるんじゃない？」

「なんだとォ……？」

宇島は、びっくりし、

「かおるが失踪しただとォ……？　どういうことだッ」

嚙《か》みつかんばかりの形相になった。

「あら、あなたがどこかに拐《かどわ》かして、隠したんじゃないの？」

「冗談じゃねえ。これから大事な金づるにしようと思っていたものを、どうして隠すんだ。脅迫はしていたが、失踪なんかにはおれは拘《かか》わってはいないぞ」

——そういえば、そうだわ、と舞子も思った。

この男がもし、日夏かおるを失踪させ、どこかに監禁したりしているのなら、今日、恵比寿のマンションに、あんな脅迫電話をかけてくるはずはないのであった。

舞子はほんの少し、目算がはずれたという思いがした。しかし、すぐに気持ちを切りかえ、別の観点から事件を洗ってみることにした。

「いいわ。その点は、了解してあげる。そのかわり、あなたがなぜ、かおるを脅迫していたか。かおるの過去というものを話しなさい」

「し……しかし、そんなことを話すと、かおるに傷がつくんじゃねえのか」

宇島敏行はやはり、骨の髄まで女を絞ろうとするやくざではないようである。そういえばどこやら、優男《やさおとこ》の風貌《ふうぼう》もあるのであった。

「何を言ってるの。今までさんざん、バラすとほざいていたくせに。さあ、私たちがきいてあげるわ。話しなさい。話さなければ、警察に突きだすわよ」

——宇島敏行はそれから、しぶしぶと話した。

それはおもに、日夏かおるのデビュー以前の素顔である。それによると、日夏かおるの前歴はかなり凄《すさ》まじく、関根が話していたシンデレラガールのような、きれいごとのプロフィールではない。

日夏かおるは、本名、谷口美津子であった。

四国の中村市からタレントに憧《あこが》れて高校卒業後、上京したのは、関根の話のとおりである。だが、持参した生活資金はアパートの権利、敷金と二か月分の家賃や生活費に消え、すぐ三か月目からは生活に困って、タレント養成所に入る前に、金になる仕事を必死で探さなければならなかったようである。

ある日、美津子は新大久保の路地裏を歩いていて、電柱に貼《は》られた「女性募集」のポスターに胸をときめかせた。なぜなら、「日給三万円保証」とあったからだ。

美津子はそのポスターのところに、電話を入れた。

その電話をとったのが、宇島敏行である。なぜなら、宇島はその時、歌舞伎町《かぶきちょう》の高級ソープランド「重役室」の店長をしていたのである。

「委細面談、すぐに来い」と返事をしたところ、谷口美津子と名のった女は、すぐにやってきた。

美津子はどうやら、ソープと知って尻込《しりご》みしたらしい。しかし、宇島のほうが、彼女の美貌《びぼう》ぶりとプロポーションを見た瞬間、一目惚《ひとめぼ》れし、離さなくなった。

「あんたなら、日給四万円を保証するよ。初体験だって? そりゃ、なお、いい。うちはそういう女性を求めていたんだ」

たしかに「重役室」というそのソープは、当時、選《よ》りすぐりの良い子ばかりを揃《そろ》えていて、料金も高く、「高級ソープランド」と、評判だったのである。

「今夜から、給料を払おう。しかし、最初は見習いだな。先輩の個室に入れるから、その先輩のやることをよく見て憶えなさい。仕事をしなくても、給料は今夜から保証するよ」

宇島敏行は、素人で就職してくる女の子には、きわめて優しくふるまう。

その夜のうちに、美津子には悠香子という先輩がつけられ、ソープ嬢の技術やシステムをとことん教えられることになった。

男性経験はあったものの、本当のセックスも、男の身体の構造も知らなかった美津子は、フェラチオから泡踊り、本番とつづく悠香子と客とのセックスを見ていて、心臓がドキドキしだし、卒倒しそうだったそうである。

しかし、お金がいる。生活するにも、タレントになるにも、絶対にお金がいる。ここでしっかり大金を稼ごうと覚悟して、ひるむ気持ちを奮いたたせた、とのちに美津子は宇島に語っていたそうである。

ともかく、素質もあったらしい。宇島は翌日、彼女のコーチ役の悠香子から報告を受けた。

「店長、あの子、こういう商売、むいてるわよ。凄いんだもの。私と客のセックスを見て、メロメロに興奮していたみたい。あまり気を入れると疲れるからよしたほうがいいと教えたんだけど、根っからの男好きみたい。磨けば凄いタマになるわよ、あの子は――」

こうなると、宇島の出番である。

ソープにはそれぞれ、「教育係」というのがいて、就職してきた女性に、最終的に実技を仕込むのは、男の仕事である。

「重役室」では、店長の宇島があたっていた。

翌日、宇島はわくわくして、美津子を営業用の個室に呼んだ。

「今日まで、見習いだから、のんびりしていい。ぼくが教える。さあ、気を楽にして」

美津子も店長からの「教育」のことは、先輩にきいて知っていたから、素直に従った。

個室にはすでに湯が張られ、宇島は客の位置に座った。

「さあ、そこにかしずいて、石鹸《せっけん》を片手に持つんだ」

美津子は肢体美こそすばらしかったが、まだ全身に硬い印象があった。そういうもぎたての女を、ひとつひとつ仕込んでゆくのが、店長やマネージャーなど「教育係」の最高の楽しみである。

「そうじゃない。こういうふうに握るんだよ」

まず男性自身の握り方や、擦り方から教育をはじめる。

宇島は全裸になって、洗い桶《おけ》に腰をおろし、雄渾《ゆうこん》な男性自身を聳《そび》えたたせている。

その前にかしずいた美津子も、むろん全裸である。

おずおずと手をのばしてきて、宇島の男性に触ったり、擦ったりするたび、乳房が揺れ、股間のヘアが艶々《つやつや》と、よじれたりする。

宇島はその裸身を見て、改めて、よい女だなあ、と感心した。

「指使いがちょっと硬いなあ。それじゃ、客は痛がるよ。指を丸めて軽ーくゴムのように、羽毛のようにして、擦るんだ」

宇島は太平楽を言うことができる。

「そう。今度は石鹼をつけて、泡だてながら、やってみろ。袋のあたりから全部、両手に持って洗いあげながら、毛むらやシャフト全体を、優しくシャボンで愛撫《あいぶ》するんだ」

美津子は、言われたとおりにした。

しかし、もう瞳《ひとみ》の中がぼうっと霞《かす》んでいて、酔ったような顔になっていて、手つきがあやしかった。

はなはだ、興奮しているのがわかった。

宇島は奉仕を受けながら、指を美津子の秘唇にくぐりこませてみた。驚くべきことに、そこはもう潤み尽くして、あふれていたのだった。

膣口のあたりを二指でつまんだり、クリットをいたぶったりすると、美津子は、あッあッと言って、のけぞりそうになった。

「ああ……店長……」

美津子の秘唇は、男の指をくわえたまま、ひくひくと器官ごとうごめいた。

それ自体の構造が、奥へ指を誘いこもうとする。

「許して下さい……店長」

美津子は眼を閉じて、息を切らせはじめていた。

「店長……そんなこと……なさらないで……」

「凄えや。感じる女体だな。客だって奉仕されながら、これくらいの悪戯《いたずら》はするんだぞ。これからが本番だ。あまり興奮すると、疲れて、三人以上は客をとれなくなるから、ほどほどに気を入れたほうがいい――」

宇島は、そう諭した。

片手を乳房にやって、そこを揉《も》んだ。

ぷるん、ぷるん、と乳房も凄く揺れた。

「ああ……お願い……そんなことなさらないで……店長……」

美津子は腰をうごめかせ、辛《つら》そうだった。

「ねえ。店長……本番はどうなさるんですか」

見つめ返した眼が潤み、肩を喘《あえ》がせている。

三年間もこの道で、教育係をしてきた宇島も、教育の途中に自分から求めてくる女は、初めてだった。

美津子の気分を和らげ、職業的なテクニックを細部までしっかり仕込むのは、爆発しそうになっているこの欲求を満たしてやったあとでもいい、と宇島は判断した。

「ボディ・ソープが終わったら、こっちのベッドだ。さあ、おいで」

宇島は立ちあがって、ベッドに入った。

横に入ってきた美津子の身体を摑むと、いきなり反転させた。

「こういう乱暴な客も、いるからな」

言いながら宇島は、美津子の股をひらき、その中に腰を沈めた。

いきなり、突っこみたかったのである。

男の逞《たくま》しくそそりたったものが、女の潤んだ蜜壺《みつつぼ》の中に突きたてられた瞬間、美津子は糸を引くような高い悲鳴をあげて、やだ、やだ、と叫んだ。

しかし、そのやだ、やだは、いい、いい、という意味のようであった。

宇島は美津子の腰にぐいと手をまわし、弓なりに反らせて、乳房を吸った。

みなぎったものは、深く入っている。乳房を吸われ、逞しいもので膣の奥深く攻めたてられて、美津子は、あッあッと身をよじって、悶《もだ》えつづけた。

宇島はいろんなことをやるつもりだった。

教育にもなるし、自分も愉《たの》しめるのである。

腰に枕《まくら》をあてがった。

角度が深く冴《さ》えた。

激しく送りこんだ。

「イッちゃうよう……イッちゃうよう」

美津子はその言葉を連発し、悶えつづけた。

蜜液でなめらかになった入り口を少し突破したあたりで、膣も深い感じである。奥壁にはなかなか直突しない。が、キュッキュッと締めつけてくると、奥もバター壺に包まれたように、掴まれる感じがあり、それが、そのうごめきうねりは、もう美津子の意志のあずかり知らない領域である。甘美にうねっている。宇島が突きすすみ、腰を叩きつけるにつれ、美津子はシーツを掴んで乱れつづけ、自分が就職した職場で、職業的訓練を受けているさなかであることを忘れて、忘我の境地で昇りつめてゆくのであった。

昇りつめるにつれ、息が生臭くなっていた。

キュッ、キュッ、と出入り口が締めつけてくる。

ああッ……と、そのたびに乱れた。袋の中で宇島のものは、広々と泳ぐ感じになり、根元だけ締めつけられて、かえって美津子という女の淫蕩《いんとう》さを感じて、

(こいつは、凄いタマになるぞ……)

宇島は熱狂的に喜んだ。

宇島の泳いでいた先端は、やがて美津子のイソギンチャクのような子宮頸《しきゅうけい》に迎えられて、ぐっと吸着され、美津子は腰をせりあげ、ブリッジを作って、一気に峠へむかったのであった。

「きて……きて……お願い！」

宇島は荒波に翻弄《ほんろう》されるような思いで、波の頂上に押しあげられ、美津子にあわせて、一気にエネルギーを爆発させた。

(やはり、予想どおり、こいつは凄い金になるぞ)

終わった時、そう思った。

あとは、泡の使い方やボディタッチなどの細かいテクニックを教えるだけでよかった。

——宇島敏行は、そういうことを話した。

情景描写がきわめて情緒に富んでいて、微に入り、細を穿《うが》っていたのも、宇島のほうに、美津子に対する思い入れが深かったせいかもしれない。

舞子には、そう思えた。

（――この男、案外、美津子に惚《ほ》れていたんじゃないかしら……）

舞子がそう観測した時、部屋に一瞬の沈黙が落ちたあと、岬の怒り狂った声が響いた。

「この野郎、いい思いをしやがって――」

岬は自らがクリニックの男性セラピストとして、女性患者を相手に結構、いい思いをしているくせに、それ以上の果報者の位置にいる教育係の宇島に、男としての激しいジェラシーを覚えたらしい。

「女喰《ぐ》いとは、きさまのようなもののことを言うんだ。いい女をさんざん慰みものにしやがって、――この野郎ッ」

岬の鉄拳が宇島の頬《ほお》に炸裂《さくれつ》した。

宇島はカーペットの上に、吹っ飛んだ。

「仕事ですよ、勘弁して下さいよ」

頬をさすりながら、宇島は後退《あとずさ》った。

なお一発、見舞おうとする岬に、

「岬くん、やめなさい――」

舞子は叱《しか》りつけて、

「それで、美津子はそれから、どうしたの？」

宇島のほうにむかってきいた。

宇島によると、美津子はそれからはソープランド嬢として、完全なプロフェッショナルとなった。

しかし、女優やタレントへの夢を捨てたわけではなかった。いや、そのためにこそ、金を必死で稼ごうとしていたようである。

美津子は週のうち、半分以上をソープで働き、月曜と木曜日はタレント養成所に通った。その頃の彼女は、金を貯《た》めることばかりに必死だったようだ。どこから聞いていたのか、歌手としてレコードを出すにも、女優としてテレビや映画にデビューするにも、「運動資金」という名のお金が必要であり、それも大金であればあるほど効果的、という話を頭から信じていたようである。

宇島は自分が美津子を女にしたくせに、次第に美津子にのめりこむようになり、自分の女にしようとして、深追いしはじめた。

しかし、美津子は冷淡になった。三回に一回は、宇島の要求を飲んで身体を与えるが、自分からは決して惚れようとはしなかった。

「男なんて、お仕事だけで充分。変な男にヒモづらされてたまりますか」

宇島にもビシッと、そう言ったし、友達にも公然と、そう言いふらしていたそうである。

だから、美津子には自分から惚れたり、長く交際したりする男はいなかった。

ただし、ものには常に例外がある。美津子が惚れたかどうかは別にして、一度、店で抱いて以来、美津子にすっかり惚れこみ、しげしげと美津子のところに通いはじめ、やがて、店外デートに発展していた形跡のある男が、二人だけいた。

一人は、人気男性歌手の東館剛介である。

美津子のほうも、東館の愛人になっていれば、いずれ芸能界にデビューしたり、テレビに出演する機会があるかもしれない、という計算と期待を持っていたふしがある。

そしてもう一人は、——幸福ヘルス工業株式会社の創業社長、奈良原寛平であった。

「へーえッ！ 幸福ヘルスの社長が、おたくのソープに通っていたの？」

舞子がきくと、

「そうびっくりしないで下さいよ。あの社長、自社製品のヘルス気泡発生器というものが、まだ一般に爆発的に売れない頃、ソープランドの風呂に使ってくれと言って、堀の内、吉原、大宮、歌舞伎町と、セールスをしてまわっていたんですよ。はじめは商売で来ていたけど、一度、美津子を指名して遊んでからというもの、すっかり病みつきになったみたいで」

毎週のように、通いはじめたという。

なるほど、美津子が日夏かおるという芸名でテレビのコマーシャルに華々しく登場するようになった遠因は、案外、そういうところに根ざしていたわけだ、と舞子は考えた。

しかし、失踪の原因はわからない。

「東館剛介という歌手とは……？」

「やはり、二年ぐらい前、客として知り合って以来、時々、呼びだされて、外でつきあっていたようです」

舞子は、留守番電話に吹きこまれていた録音テープを思いだした。

（——東館だ。ごぶさた。戻ってきたら、オレんちに大至急、電話してほしい。たまにはベッドで愉しもうよ）

なれなれしい呼びかけであった。

東館はタレント志願の美津子を、何番目かの愛人にして、ていよくベッドフレンドにしていたのかもしれない。

しかし、そうだとしても、その東館が留守番電話にあのラブコールを吹きこんだのは、美津子が失踪して二週間も経ったあとである。

東館も案外、この宇島と同じように、日夏かおるの失踪を知らなかったのかもしれない……。

舞子がそう考えた時、岬が横あいから宇島に尋問していた。

「脅迫電話の中で、おまえは写真を持っているとか、ビデオを撮っているとか、話していたな。それは、どういうことだ」

「美津子とは非番の日に、何度も寝ましたよ。その頃、いたずらに二人のセックスを写真やビデオに撮っていただけですよ。それを週刊誌に売れば金になると思って……もう勘弁して下さいよ」

「しかし脅迫された側は、そうは思わない。週刊誌にばらす、と脅されて、日夏かおるは恐《こわ》くなって、マンションから逃げだしたんじゃないのか」

「そんなことまで、オレにはわかりませんよ。とにかくおれはもう、二年間、美津子とは会ってませんよ。失踪については、何も知らない。勘弁して下さいよ」

5

——路地にオレンジ色の灯が洩《も》れていた。

大勢のギャルやファンに囲まれて、サングラスをかけてギターを片手にした人気ロック歌手、東館剛介がライブハウスの裏口から出てきた。

ステージが終わり、これから渋谷の音楽事務所に戻るため、車に乗り込むところであった。

車はワゴンであった。楽器やステージ衣装を積みこんでいる。

東館はワゴンのライフスペースに乗ると、

「やってくれ」

運転手に命じた。そして片手に提げてきたジャック・ダニエルのボトルを傾けて、ラッパ飲みをはじめた。

今日は一日の仕事はもう終わったから、酒は浴びるように飲んでもいい。だが、それは、いかにも人気ロック歌手という気取りがみえみえの安手のポーズだった。

ワゴンは六本木の「クレイジーホース」を出て、渋谷のほうに走っていた。しかし途中、急に路地をくねくねとまがって、青山墓地の中に入っていったので、

「おい、どこに行くんだ」

東館が運転手を咎《とが》めるように言った。

「ちょっとそこで、あんたに聞きたいことがあってね」

運転手は、妙なことを言った。なにい、と東館が眼をむいたのも当然、運転手は、東館のお付き運転手ではなかったのである。

それになりすました岬慎吾であった。

「おめえ、誰《だれ》だ――」

誰何《すいか》する声を無視して、岬はワゴンを人っ子一人いない青山墓地の一番奥に乗り入れ、街灯の傍に駐めた。

「降りろ」

「何だと？」

「いいから、降りろ」

気合に押されて、東館がボトルを握ったまま車外に出ながら、

「なんだよう、てめえ」

これも薄っぺらな虚勢を張った。

「東館さんだよな」

「見りゃあ、わかるだろうッ」

「大きなツラするな。鴨田組の者だ。ちょっとおめえに聞きたいことがあるから、そこに座れ」

「なにィ――」

声が弾けて、ふざけるな、とジャック・ダニエルのボトルを振りあげた東館の右腕は、

途中で摑まれてぴくとも動かなくなり、つづいて、岬の右正拳が顔面と、鳩尾を連続して打ち、くうと東館が身を折ったところに足払いをかけられて、一瞬後には地面に這《は》いつくばらされていた。

岬はボトルを摑んで、傍の石で割り、切り口を東館の顔面すれすれに押しつけた。

「商売道具の顔を台なしにされたくなかったら、正直に答えろ！」

「何だよう……答えるから、傷つけるな」

「日夏かおるが失踪している。知らないか？」

「失踪……？　知らないよ」

「かおるがおめえと深い関係にあることは、知ってるんだ。しかし、そうだからといって、オトシまえ取ろうってんじゃねえ。——どこへ連れ込んだか、それを吐け」

「知らないったら、知らないよ！」

「おめえに心当たりはないか」

「昔からあいつ……時々……姿をくらます癖があったんだぜ」

「どういうことだ？」

東館によると、昔といっても去年のことだが、二度ほどかおるとは音信不通になったことがあった。

「畜生。かおるのやつ、どこに行きやがったんだ」

かおるの身体の具合のよさが忘れられず、東館が血相をかえて探したことがあった。その二か月間、かおるは恵比寿のマンションからも、タレント養成所からも、新宿のソープからも、ぷっつりと姿を消していなくなっていたのである。

東館がやっと突きとめたのは、渋谷区松濤《しょうとう》の高級住宅街の中にある幸福ヘルス工業の寮であった。

その頃、日夏かおるは幸福ヘルス工業の社長、奈良原寛平とソープで出会い、すっかり気に入られて、大金を積まれてソープから足抜きをし、幸福ヘルスの寮に住み込んで、毎週二回、泊まりにくる社長、奈良原寛平の相手をする生活をしていたようである。

「つまり、愛人契約ってやつさ」

「それで、かおるはおとなしく、寮の女として暮らしていたのか」

「そりゃ、金を掴まされていたからな。しかし、時々は抜けだしておれと密会したりしたさ。何といってもかおるは、芸能界にデビューしたくてたまらなかったようだからな」

「奈良原という社長は、どういう男だ？」

「もう七十に近い。かおるにぞっこんでね。物凄く嫉妬《しっと》深い。おれなんか、かおるから手を引けと、何度も支度部屋に怒鳴りこまれて、大迷惑をしたよ。いい年こいて、大社長なのに、ありゃあ、色気狂いだぜ」

「なるほど……」

岬慎吾が宙を見た時、

「今度もそれに違いないぜ。おれなんかをぶん殴るよりは、あの社長を洗ってみろ。どこかにかおるを隠しているに違いないさ」

6

「ふーん。ちょっと、矛盾するわね」

腕を組んだのは、貴堂舞子である。

六本木の彼女のマンションであった。舞子は軽く腕組みをして、ソファセットのまわりをゆっくりと歩きながら、

「自社製品のCFに出した以上、奈良原社長としては、かおるをもう世間に大々的に売りだしているわけでしょ。それなのに、今さらその世間から隠すために、どこかに連れ去って独占するなんて、矛盾しているわよ」

「しかし、かおるにおねだりされて、一度はテレビで売りだしたものの、そのCFがあま

り人気が出たので、社長はびっくり。かおるが超人気女優になると、自分から逃げだすに違いないと思って、あわてて世間から隔離し、独占しようとする老人の気持ちと執着。わかるような気がするけどなあ」

岬は、そう力説した。

男が一人の女に愛着を持ち、恋着する時の心理というものは、年齢に拘《かか》わらず、岬にもわかるのである。

まして功成り名遂げて、金もあるが、もう老い先短い高齢の身とあっては、何ものにもかえがたい最後の、最高の宝は、若い美貌の女体そのものとなるのではないか。

むろん、人生の終局の価値観は、人によってずい分違う。権力欲、名誉欲、名声への妄執……などなどから、定年後の余生を静かに花を作り、読書をし、人生を考え、思索をするだけで、心豊かに生きることのできる人々も多いし、またそれがふつうである。

だが、逆にいえば、それは活力の衰えである。一代で事業に成功し、財をなした人間は、往々にして俗物的活力の塊なので、老いてなお盛んであり、その俗物的エネルギーをむけて癒やせるものは、若い女性の肌しかない。いや、もっとはっきりいえば六十をすぎてはじめて、若い女性そのものが、人生最高の宝石であったことに開眼する人々もまた、多いのである。

奈良原寛平は、どうやらそのタイプだったに違いないと思える。

岬慎吾は若いくせに、そういう観測と理屈をのべたてた。

「わかったわ。あした、松濤のその幸福ヘルス工業の寮とやらを当たってごらんなさい。私は聡子たちに手伝ってもらって、奈良原寛平なる人物を調べてみるわ」

翌日、奈良原のことはある程度、わかった。舞子は各界に人脈や人物を調べるネットワークを持っているのである。

幸福ヘルス工業株式会社の社長、奈良原寛平は、埼玉県川口市の小さな町工場からの叩きあげであった。初めはモーターやポンプを作る工場を経営していたが、十年前に温泉の超音波風呂から思いついた小型高性能ポンプ搭載の、携帯用ジェット噴流発生装置「ダブルストリーム」が、アイデア商品として大当たりし、何百億という私財を蓄えるに至った。

今は重厚長大な産業より、軽い商品、昔なら「泡沫《うたかた》」といってバカにされていたような「軽ーい」商品が、感覚商品、アイデア商品として売れている妙な時代である。

その意味で、ベンチャー企業の中ではちょっとした立志伝中の人物である。

六十三歳になった今も、精力旺盛《おうせい》であった。

銀座や粋《いき》すじの女との閨房《ねや》での粘っこい愛撫には数年前から定評があった。

ふだんから奇矯なふるまいをすることでも有名である。例のジェット気泡浴「ダブルストリーム」のCFも、最初の数年間は、自分で率先してコマーシャルに出てがんばったほどの男である。

が、去年の秋、自分は引っこんでコマーシャルガールに仕立てたのが、日夏かおるである。

日夏かおるのことは、広告代理店からテレビ局上層部にまで、自分で強引に売りこんで、大型新人女優誕生、という筋書きを立てたそうである。

ひと昔前、こういう女優は「スポンサーの彼女」といわれていた。

今はそういう存在があるかどうかは知らない。

いずれにしろ日夏かおるの実態は、幸福ヘルスの社長の愛人であった。

(それだけ、かおるに執着していれば……)

あるいは岬君が主張していたことも考えられるかもしれないな、と舞子が思っている時、その岬から電話が入った。

「岬です。かおるは松濤の寮にいませんでした」

「やっぱり、ね。あてがはずれたわね」

「しかし、ぼくは自説を捨てません。松濤では都内なので人目につく。そこで奈良原はもっと違ったところに引っぱっていったんです」

「違ったところ?」

「幸福ヘルスは江ノ島にも会社の寮を持っているそうです」

「へえ……江ノ島に?」

江ノ島なら、夏以外、人は少ない。シーズンオフの海辺の寮なら、風情があるし、世間から隔離することもできる。

「これから、ぼくは電車でそちらにむかってみます。よかったら、一緒に来ませんか?」

「ばかに自信があるのね」

「たまには江ノ島でとれる美味《おい》しい魚でも食べたほうがいいと思いますよ」

——午後三時新宿発のロマンスカーということなので、舞子も合流することにした。

ロマンスカーは、意外に速かった。

江ノ島に着いたのは、夕方の四時である。

夏が終わって、大勢の海水浴客が去ってしまったあとの十月の海はさびしい。誰もいない海辺や、渚《なぎさ》や、夕暮れの陽射《ひざ》しに、晩秋の気配がもう忍び寄っていた。

幸福ヘルスが所有する江ノ島寮は、長い橋を渡って島に入ったところの、参道の右手にあった。旧ホテル用地を買収して、奈良原寛平が自分の別荘用に建てたような真新しい、立派な豪邸であった。

舞子と岬が門扉を入って、長い敷石を玄関のほうに急ぎかけた時、ちょうど、屋内で若い女の、異様で甲高い悲鳴があがった。

「どうしたんでしょう!?」

「日夏かおるかもしれませんよ」

「事件かしら?」

「まさか、殺されたのでは——」

二人が顔を見合わせながら玄関の傍にたどりついた時、ちょうど、パターンと玄関のドアが開き、中から半裸の身体をまっ赤な襦袢《じゅばん》に包んで裾《すそ》を乱してザンバラ髪のまま、駆けだしてくる半狂乱の女がいた。

「誰かァ……誰か……助けてえ!」

顔を見てすぐにわかった。

日夏かおるであった。

何やら、ひどく取り乱している。

「どうなさったの?」

「社長が……社長が……奥の部屋で……」

舞子は奥の部屋に駆け込んだ。

――敷かれたままの豪華な金泥《こんでい》色の布団の上で、まだ夕方だというのに、奈良原寛平が全裸で大の字になったまま、眼を剝《む》いて事切れていた。

舞子ははじめ、殺されたのかと思ったが、そうではなかった。

外傷はないし、首を絞めた形跡もなかった。死因はすぐに見当がついた。

奈良原の股間の男性の象徴や、そのまわりには、まっ赤な口紅がべたべたとついて、つい今しがたまで、そこで二人が何をしていたか、日夏かおるがそこで何をしていたかを想像させるに、充分であった。

――愛の行為中の急性心不全、いわゆる腹上死である。

舞子は現場を乱さないようにしたまま、警察に通報した。一応、変死なので警察は現場検証や死体検案書作成にあたる。しかし、日夏かおるが起訴されることは恐らくはあるまい、と舞子には思えた。

日夏かおるを別室に連れ込み、落ち着かせて聞きだした状況はこうであった。

岬がうすうす指摘していたとおり、奈良原寛平は一代で事業を起こし、巨万の富を蓄えた男だが、老人にありがちなことで、日夏かおるの前では子供同然だったようである。ねだられてテレビのCFのモデルとして売りだし、「見ろ、いい女だろう。おれの女だ」と、一時は社内外で鼻高々だったが、やがて日夏かおるが超人気者になり、マスコミで騒がれ、仕事も殺到してさまざまな男たちが彼女の前に現われるようになるにつれ、奈良原は最初の意気込みはどこへやら、蒼《あお》い顔をして、かおるが自分から逃げだし、自分の手の届かないところへ羽ばたいていってしまったのではないかという不安でノイローゼに陥ったようである。

(かおるが奪《と》られる……)

——奪られる、奪られる、奪られる……。

世間に、男たちに、マスコミに……。

奈良原寛平は日夏かおるを手放したくなかったため、テレビなどマスコミへの出演禁止令をだし、それでも出ようとするかおるをマンションから、江ノ島の寮に誘いだし、鍵をかけてこの二週間ずっと、この岬の一室に監禁していたそうである。

「へーえ。色ぼけ老人の執念って、凄いものね。でも、かおるはこの事件でますます騒がれて、これから本物の肉体派女優になってゆくわよ、きっと——」

舞子はきらめき渡る海にむかって、そう呟《つぶや》いていた。

女優失踪——といっても、今回の事件には派手な殺人事件や、身代金要求の脅迫や誘拐があったわけではないが、それだけにかえって重い、男と女の性をめぐる凄まじい劇があったように、舞子には思えた。

この作品は1989年8月廣済堂出版より刊行されました。

徳間文庫をお楽しみいただけましたでしょうか。どうぞご意見・ご感想をお寄せ下さい。
宛先は、〒105－8055　東京都港区東新橋1－1－16　㈱徳間書店「文庫読者係」です。

徳間文庫

背徳《はいとく》の官能《かんのう》夫《ふ》人《じん》

セックス・カウンセラー舞子

2001年4月15日 初刷

著者 南《なん》里《り》征《せい》典《てん》

発行者 松《まつ》下《した》武《たけ》義《よし》

発行所 株式会社徳間書店

東京都港区東新橋一―一 〒105―8055

電話(〇三)三五七三・〇一一一(大代)

振替 〇〇一四〇―〇―四四三九二

印刷
製本 凸版印刷株式会社

〈編集担当 村山昌子〉

ISBN4-19-891488-5 (乱丁、落丁本はお取りかえいたします)